BOOK & BOX ORIGINAL DESIGN by VEIA

第十一話

毒刀・鍍

序章
一章——前情提要
二章——斷罪圓
三章——東海道
四章——柔球術
五章——四季崎記紀
終章

插畫：竹
書法：平田弘史

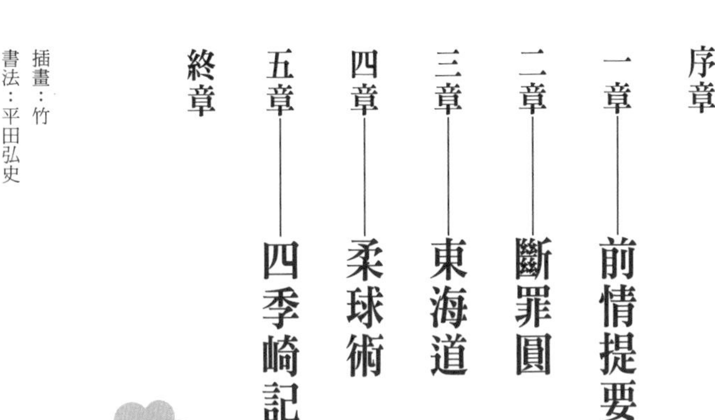

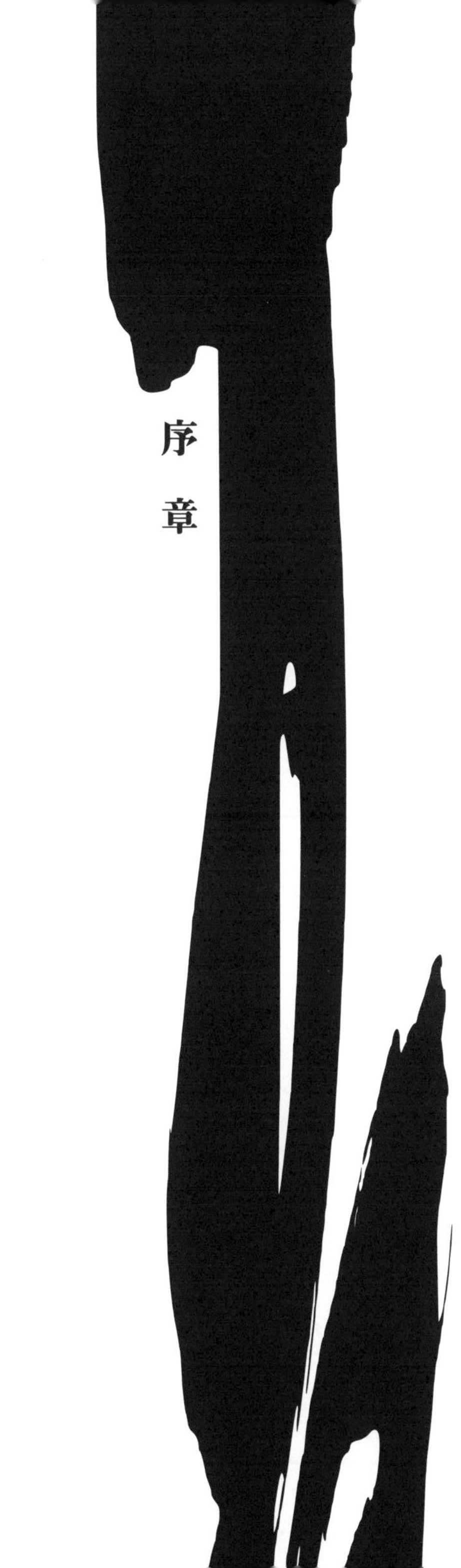

序章

■■

這是段數百年前的故事。

當時天下為亂世，國家為戰國；於現在而言，已是一段往事。

在丹後某座遠離京城的深山之中，有個年輕人正全神貫注地練劍；那人生得高大雄偉，手上所持的亦是把精良的寶刀。

只見年輕人一語不發，默默揮劍；仔細一瞧，原來他正在砍身旁大樹的落葉。這乃是高手試身手時常用的手段，不過他卻是連一片落葉也砍不著。

這可不叫練劍，而是苦行了。

天下大亂，處處爭戰，因此年輕人才在這人煙絕跡的深山裡苦練劍法。

雖然他的精神值得敬佩，但行為卻是徒勞無功。

正當此時——

「真差勁。」

在這人煙絕跡的深山之中，竟然有個男子對年輕人說話。

這名男子神不知鬼不覺地出現於年輕人身後，說話的態度顯得理所當然，彷彿他和年輕人是十幾年的知己。

「活像小孩辦家家酒。你的劍法如此差勁，居然還立志當劍客？」

「…………」

年輕人並未回頭，置若罔聞，只是一味揮劍。

男子不以為意，續道：

「小子，我奉勸你一句——你完全沒有用劍的天分。不但資質差，招式不成樣，而且……沒有殺人的氣概。」

「…………」

年輕人並未回頭。

「就算你砍了幾萬片落葉，劍法也不會有所精進。欲精進劍法，便得殺人，因為劍乃是殺人的兵器。一名劍客殺了三百人，才算是入了門檻，可你卻連葉子也砍不著。」

男子說道，然而年輕人依舊毫無反應。

男子這會兒也覺得掃興了，嘆了口氣，說道：

「我聽說有個前途有為的年輕人窩在深山裡修行，才在百忙之中從京城趕到此地，沒想到只是個無聊的小伙子。哈！我的腦袋也越來越不靈光啦！看來是因為找不到完成邁向完了之路，開始心急了。」

「……完成邁向完了？」

男子抓著腦袋轉過身去之時，年輕人總算對他的話產生興趣，停止練劍，緩緩轉過頭來。

年輕人打量了男子一番，只見此人居然一身輕裝，連包袱也沒帶便跑到了這種深山裡來。

年輕人垂眼瞥了自己手中的刀一眼。

他不知男子有何目的。倘若男子所言不虛，真是專程上門來找他，他手中有刀，萬一動上了手應該較為有利。

男子看出了年輕人的心思，先發制人：

「別動傻念頭啦！天下間的刀都是我的戰友——不，是我的部下；即便你的劍法不是如此差勁，憑那把刀也決計殺不了我。」

「……你方才說『完成邁向完了』……」

年輕人無視這一番話，目光凌厲地瞪著男子問道：

「這句話是什麼意思？」

「便是字面上的意思。不過在我看來，莫說是完了，你連完成都差得遠！這件事和劍法如此低微的你應該沒有關係吧？」

「我知道我的劍法還不到家。」

年輕人說道：

「所以才拚命練劍啊！」

「拚命？你的精神是值得讚賞，不過小子，你再這麼拖拖拉拉的，戰國時代便要結束啦！」

「啊？」

「你一直隱居於深山之中，不知世間的狀況；如今戰局已和你所知的有了天壤之別。」

「戰局如何，與我無關。」

「哦？」

「我只對精進武藝有興趣，一心只想窮究劍法，戰亂或太平並不能改變我的志向。」

「哈哈哈！」

「笑什麼？」

「沒什麼，只是覺得你的志氣可佩。你對世俗之事不感興趣這一點，我也挺欣賞的。原本以為這一趟是白跑了……不過現在看來，你還算勉強及格。」

男子說道：

「其實我對世俗之事也不感興趣，或許是因為我的對手乃是歷史之故。就整個歷史觀之，塵世不過是表面上的一層清水罷了。」

「歷史？」

年輕人聽了男子之言，不由得大皺眉頭。

「瞧你滿嘴胡言亂語，不知所云，該不會是瘋了吧？」

「你這麼說倒也不算錯。對於多數人而言，我確實是個瘋子；所以我才得拿出成果以杜悠悠之口。只可惜為山九仞往往功虧一簣，或許是材料的問題吧！饒是我再神通廣大，也難為無米之炊啊！」

「材料？」

「不錯。沒有材料，就鑄不了刀。咱們剛才說到哪兒啦？對了，你不是想知道何謂『完成邁向完了』嗎？」

「……不了。」

見眼前的男子老打啞謎，年輕人心下大感不快，開始後悔自己回頭答腔，便搖頭否認：

「我現在已經不在乎了。請回吧！我還有要事在身。今天的日課還沒做到一半呢！」

「你說的日課，便是指無益的修行嗎？我不是說了？劍客不殺人，劍法就不會進步。」

「殺了三百人，才算是入了門檻？」

見男子又老調重彈，年輕人說道：

「好大的口氣！那我倒要請教，殺了多少人才算學有所成？」

「這可難說了。在這個年代，究竟有無劍客稱得上是學有所成，還是個問題呢！有的盡是一些三流貨色，根本無法善用我鑄的刀。」

「你鑄的刀？」

「怎麼？我沒說嗎？」

男子昂然說道：

「我並非劍客，而是刀匠。」

「刀、刀匠？」

「我本來是個相士，不過光靠看相卜卦無法餬口，才改行當刀匠。也罷，我的事不重要。小子，我可以助你一臂之力，讓你的努力開花結果。不過根扎得結不結實，就得看你自己了，鑢一根——」

這是段數百年前的故事。

當時天下為亂世，國家為戰國；於現在而言，已是一段往事。

這便是日後的虛刀流開山祖師鑢一根，與此時業已聲名大噪的傳奇刀匠四季崎記紀的相識經過。

■ ■

由奇策士咎女一手策劃，鑢七花實行的完成形變體刀蒐集大計終於邁入了最後階段，這趟始於年初的集刀之旅也來到了尾聲。

絕刀「鉋」，得手！斬刀「鈍」，得手！千刀「鎩」，得手！

薄刀「針」，得手！賊刀「鎧」，得手！雙刀「鎚」，得手！

惡刀「鐚」，得手！微刀「釵」，得手！王刀「鋸」，得手！

而誠刀「銓」也終於得手！

尚未得手的完成形變體刀只剩兩把——毒刀「鍍」與炎刀「銃」！

到了這個關頭，咱們就廢話少說吧！

武俠刀劍花繪卷。

殺氣拼湊時代劇。

刀語第十一卷，於焉展開！

一章 前情提要

■

■

這回從鑢七花的觀點來進行前情提要。

虛刀流第七代掌門人鑢七花。

今年二十四歲。

不過對於這二十四年裡的前四年，他卻沒什麼印象——不是想不起來，也不是忘了，而是打一開始便不記得。

對鑢七花而言，他的人生乃是始於丹後的無人島。

約莫二十年前，他的父親虛刀流第六代掌門鑢六枝獲罪流放外島，而他和姊姊鑢七實也遭受池魚之殃，一起來到了島上。這座島便是日後的不承島。

鑢七花的修行與征戰便是始於此時。

無論颳風下雨、打雷降雪，他都跟著父親勤練武功，未有一日懈怠。

虛刀流門下子弟皆為不使刀劍的劍客，以己身為日本刀，砥礪磨練，以求登峰造極；身為此門派第七代掌門的七花，便是在無人島長大成人。

奧州霸主飛驒鷹比等掀起的大亂——在這太平盛世之中唯一的戰亂，造就了七花的英雄父親鑢六枝；在六枝日以繼夜的教導之下，七花斷絕雜念，全心習武，方才練就了一身好本領。

是以對於七花而言，不止起初的四年，之後的日子亦是平淡無味，毫無人生的樂趣。

日日苦練武功的日子，豈有人生的樂趣？

在這平淡無味的日子裡，有個天才與他為伴，便是長他三歲的姊姊鑢七實。這個怪物般的天才，又或是天才般的怪物給了他的人格莫大的影響。

若說七花的一身本領是靠努力而來，七實靠的便是天賦。

大亂英雄鑢六枝便是畏懼七實的天賦，才不將掌門之位傳給七實，反而傳給了七花。七花明白此事之後，心中可說是五味雜陳。

然而七實與七花之間的差距，卻足以讓七花將這些情感拋到九霄雲外。

過了十九年平淡乏味的日子，鑢七花、鑢六枝及鑢七實都已經習慣了這種理所當然的生活。對七花而言，跟著父親習武便如呼吸一般尋常；對六枝而言，教導兒子武藝便如呼吸一般尋常；對七實而言，偷偷觀看他們父子倆練武便如呼吸一般尋常。無論是英雄、掌門接班人或是天才，都以為下一個、下下個十九年亦復如是。

然而就在此時，卻發生了一件大事——鑢六枝發現鑢七實的天賦居然變本加厲，更上了一層樓。

其實六枝之所以察覺，全得歸咎於七花。說來也是七實大意，從不對弟弟隱瞞自己的天賦；可她又豈能料到親生父親竟會因她天賦過人這等「區區的理由」便下手殺她？

一天夜裡，六枝想趁著七實入睡之時將她勒死；他怕七實偷學自己的招式，便故意不用虛刀流的武功，誰知七花察覺，為救姊姊，便手刃生父。

這是場虛刀流對虛刀流之戰。

天才姊姊並未出手，只是像平常偷看他們父子倆練武時一般袖手旁觀。

鑢六枝雖有大亂英雄之譽，畢竟年老力衰；當時鑢七花年方二十三，無論體格或武藝都已凌駕於父親之上，因此得以殺了六枝。

經過了這齣逆倫慘劇之後，鑢六枝命喪黃泉，鑢七花則坐上了虛刀流第七代掌門人之位，一家三口的日子從此成了姊弟相依為命的生活。

其實獲罪流放外島的鑢六枝本人已死，七花與七實犯不著留在島上；但他們倆卻都做好了與父親同葬孤島的覺悟。

七花更是打算與虛刀流共存亡，因為他除了虛刀流以外，一無所有。

他沒有父親的輝煌戰績，沒有姊姊的天賦，有的只有虛刀流。

「七花。」

七實曾對七花如此說道：

「我向來瞧不起無謂的努力。我敬重努力的精神，也欽佩生來便懂得努力的爹和你；不過每當我瞧見別人揮霍努力，便覺得難以忍受。」

聞言，七花一反常態，向姊姊頂嘴：

「揮霍努力？我看姊姊才是揮霍天賦呢！」

一年之後，轉機出現了。

一年後的正月，有個新訪客來到了這座連地圖也未曾記載的無人小島——不承島之上。

來人是個女子，身穿嬝美十二單衣的錦衣華服，生了一頭前所未見的雪白頭髮，身上還佩了把刀。

那把刀便是七花有生以來頭一次見到的「真刀」。其實那女子平時並不攜帶兵刃，當時是被逼得緊了，狗急跳牆，方才佩刀在身；不過此時的七花自然不知情。

那女子來到島上，乃是為了造訪六枝。

七花說明六枝已死，自己繼任為第七代掌門之後，女子便說道：

「原來如此，體格不差，外貌也還過得去，算是及格。」

她又說道：

「我要找的是虛刀流掌門，因此，我尋訪之人已從六枝前輩變為爾。」

女子自稱為奇策士咎女，官居尾張幕府家鳴將軍家直轄預奉所軍所總監督。

而她的來意，一言以蔽之，便是集刀。

實質上支配戰國的傳奇刀匠四季崎記紀所鑄的刀，被稱為變體刀；變體刀共有千把，尾張幕府擁有其中的九百八十八把。

而剩餘的十二把，均是非比尋常的貨色。

絕刀「鉋」。

斬刀「鈍」。
千刀「鎩」。
薄刀「針」。
賊刀「鎧」。
雙刀「鎚」。
惡刀「鐚」。
微刀「釵」。
王刀「鋸」。
誠刀「銓」。
毒刀「鍍」。
炎刀「銃」。

這十二把刀乃是四季崎記紀精心鑄造而成，為眾變體刀之中的上等之作，故而稱為完成形變體刀。

過去一統天下的舊將軍處心積慮，用盡手段，雖然集得了尾張幕府現在擁有的九百八十八把刀，卻得不到這十二把刀。

奇策士造訪虛刀流掌門，為了便是集齊這十二把刀。

如今天下太平，大亂也逐漸被人淡忘，為何還要蒐集這些凶器？奇策士說了許多理由，但七花卻是有聽沒有懂。

不，聽是聽懂了，但他全無興趣。

無人島長大的七花心如止水，根本無心過問塵世之事。

奇策士的一番話，七花根本沒聽進耳裡；不，聽是聽進去了，但還不足以讓他決心出島。

然而當他知道了奇策士咎女的心思之後，他終於決心出島。

原本在這太平盛世，虛刀流只能消失於歷史的洪流之中，如今總算得以重現江湖。

蒐集變體刀的過程雖然稱不上一帆風順，卻也一把一把地陸續到手。

正月，絕刀「鉋」。

真庭忍軍十二首領之一真庭蝙蝠為從奇策士咎女身上套出情報，來到了不承島上；七花便是從他手中奪得了天下間最堅韌的刀——絕刀「鉋」。

二月，斬刀「鈍」。

獨居於因幡沙漠下酷城之中的宇練銀閣善使拔刀術，七花便是從他手中奪得了天下間最鋒利的刀——斬刀「鈍」。

三月，千刀「鎩」。

掌管出雲神社，統率千名黑巫女的敦賀迷彩乃是千刀流的高手，與虛刀流堪稱互為兩極；七花便是從她手中奪得了天下間最眾多的刀——千刀「鎩」。

四月，薄刀「針」。

七花在過去曾進行雙刀對長刀之戰的聖地周防巖流島之上，打敗了素有日本第一高手之譽的墮劍客錆白兵，從他手中奪得了天下間最脆弱的刀——薄刀「針」。

五月，賊刀「鎧」。

七花單槍匹馬挑戰以薩摩濁音港為根據地的海盜校倉必，從他手中奪得了天下間最強固的刀——賊刀「鎧」。

六月，雙刀「鎚」。

居住於一級災害區蝦夷踊山之上的凍空一族慘遭滅族之禍，唯有少女凍空粉雪倖存；七花便是從她手中奪得了天下間最重的刀——雙刀「鎚」。

七月，惡刀「鐚」。

過去舊將軍以鑄佛像為藉口集刀，在和巖流島並稱兩大聖地的土佐清涼院護劍寺建造了刀大佛；天才鑢七實離開不承島，緊追著七花來到了護劍寺，七花便是從她手中奪得了天下間最凶惡的刀——惡刀「鐚」。

八月，微刀「釵」。

江戶不要湖與蝦夷踊山同屬一級災害區，有機關人日和號駐守；日和號既為人偶亦為刀，又是變體刀之主，七花奪得了它，亦即奪得了天下間最像人的刀——微刀「釵」。

九月，王刀「鋸」。

棋士聖地出羽天童將棋村代代相傳的活人劍流派——心王一鞘流第十二代掌門汽口慚愧，正氣凜然，一絲不苟；七花便是從她手中奪得了天下間最無毒性的刀——王刀「鋸」。

十月，誠刀「銓」。

昔日奧州霸主飛驒鷹比等的牙城飛驒城，化為斬盡叛軍黨羽的百刑場；七花便是在此從四季崎記紀的舊識仙人彼我木輪迴手中奪得了天下間最誠實的刀——誠刀「銓」。

合計十把。

經過了一番波折，總算是集得了十二把完成形變體刀中的十把。

如今七花長了智識，增了情感，多了覺悟；這趟旅程一路行來，還算順遂。

當然，集刀仍有隱憂存在。

比如同以集刀為目的的暗殺集團真庭忍軍，又比如奇策士咎女的天敵，尾張幕府家鳴將軍家直轄稽覈所總監督否定姬及她的心腹左右田右衛門左衛門。蒐集王刀「鋸」及誠刀「銓」時所得的情報，顯示出完成形變體刀之後似乎另有祕密，亦是個隱憂。

如今只剩兩把刀。

毒刀「鍍」。

炎刀「銃」。

要找到這兩把刀的日子應該不遠——七花最近時常思考集齊變體刀之後的問題。這事他從以前便常想起，最近更是三不五時浮現於腦海之中。

旅程結束之後，他這把奇策士的寶刀又該何去何從？

奇策士咎女會如何處置他？

奇策士借助虛刀流之力集刀，事成之後，打算如何處置虛刀流？

七花不明白，也不願明白。

其實他連想也不願想。

因為對於奇策士咎女而言，虛刀流——七花之父大亂英雄鑢六枝，正是殺害她父親奧州霸主飛驒鷹比等的可恨仇人。

■ ■

「……好了，接下來該怎麼辦？」

「爾問我，我問誰？」

聽聞虛刀流第七代掌門鑢七花如此詢問，尾張幕府家鳴將軍家直轄預奉所軍所總監督奇策士咎女面有難色，微微頷首。

他們倆身在出羽一座客棧的二樓客房裡，隔著地鋪相對而坐。

地鋪上躺著一個孩童，睡得極沉；雖然一息尚存，看來卻宛如死了一般。

「倘若這小子說得不假，我們可不能在這裡耽擱。所幸他性命無礙，傷勢也逐漸復原，已不需我們看顧。我們還是趁早動身為宜。」

「嗯。」

七花點了點頭。

「不過我還是半信半疑。他說的話聽起來不大可靠，該不會又是圈套吧？」

「嗯，對手是真庭忍軍，確實有此可能。」

「其實我打一開始就懷疑啦！」

七花指著睡在被窩裡的孩童說道：

「這小子真是真忍嗎？」

「這一點我可以保證。」

咎女點頭說道：

「他是真庭忍軍十二首領之一，真庭魚組的真庭企鵝。我見過他，決計錯不了……他可是真庭忍軍十二首領之中僅次於真庭鳳凰的可怕忍者。」

「這小子？真是人不可貌相。」

基本上，咎女是個玩弄權術、作威作福之人。

他們倆靜待企鵝傷勢復原，

從十月等到了十一月。

「話說回來，咎女，大夫明明說他的傷勢沒有大礙，為何復原得這麼慢？他一天裡只有片刻能說話，說話時又結結巴巴、斷斷續續的。」

「他說話原本便是這樣。」

咎女望著真庭企鵝的睡容說道：

「據說企鵝的忍法太厲害，連他自己也無所適從，因此才造就了這種不似忍者的懦弱性子。」

「妳還真清楚啊！」

「全是從蝙蝠口中聽來的。」

咎女嘆了口氣，猛然起身。

「一直杵在這兒也不是辦法。聽了今天企鵝所說的一番話後，我總算恍然大悟了。雖然一切還只是假設，也可能如爾所言，是個圈套；但我們的目的畢竟是集刀，既然真庭鳳凰手中有四季崎記紀所鑄的十二把完成形變體刀之一——毒刀『鍍』，我們便得去奪回來。現在的狀況，總比讓真庭忍軍又找上門來開一些棘手的條件要來得好多了。」

「……那這小子該怎麼辦？」

七花也跟著咎女起身，又指著企鵝問道：

「把他丟在這兒？」

「毒刀『鍍』特性非比尋常，刀身帶有毒性；他遲未復原，想來便是緣於此故，放著不管也不成問題。就算他復原了，也追不上早就動身的我們。既然該有的情報已經到了手，我們也沒道義繼續照顧他。反正他還只是個孩子，客棧的人也不至於趕他出去吧！」

說著，咎女便開始整理行裝。

她脫下了嬝美十二單衣的錦衣華服，換上了另一套嬝美十二單衣的錦衣華服。

咎女的便裝與旅裝都是一樣的厚重華美。

自從七月被七花的姊姊七實斷髮以來，咎女更衣時花費的時間與功夫減少了許多。

七花一面幫她更衣（心裡一面懷疑著可有必要更衣），一面問道：

「我不是這個意思。我是說，他可是妳最恨的真庭忍軍……不用收拾掉嗎？」

「爾的意思，是要殺了他？」

咎女將七花刻意拐個彎兒問的問題給直截了當地說了出來，神色與語氣絲毫未變。

「瞧爾打得是什麼主意。七花，真庭忍軍確實可恨，我絕不原諒他們背叛之事；不過胡亂殺人並無意義。我可不是這種殘暴之人。」

「嗯……那就好。」

「真庭企鵝的忍法的確可怕，不過他現在落魄至此，殺之也無益。雖然真庭忍軍並非知恩圖報之徒，但還是姑且作個順水人情吧！等到我們集齊了刀，便要向他討回這筆人情。這個忍者極有利用價值。」

「利用價值……」

集齊了刀。

咎女這句話梗在七花心頭。

也不知咎女可有察覺七花的心思？

只見她輕輕甩了甩已然完全不顯突兀的短髮，說道：

「好了，這就動身往伊賀出發吧！去瞧瞧發了瘋的真庭鳳凰前往的新真庭里。」

二章 斷罪圓

■
■

故事到了尾聲，人物關係卻仍然錯綜複雜，所以在這兒替各位看官做個簡單的人物介紹。第十二卷是最後一卷，沒有多餘的篇幅前情提要，只怕這會是頭一次也是最後一次的「人物介紹」。

所幸該介紹的人物倒也不多。

頭一個便是咱們的奇策士咎女。她乃是尾張幕府家鳴將軍家直轄預奉所軍所總監督，本名不詳，來歷不明，為幕府內出了名的蛇蠍美人；生就一頭白髮，身穿錦衣華服。

而她真正的身分若是曝光可得砍頭——原來她便是奧州霸主、大亂主謀飛驒鷹比等之女。

她為了替死於大亂的父親報仇，方才混入可恨的尾張幕府之中，建功立業，升官進爵。

她的目的只有一個，便是打入幕府中樞；至於蒐集四季崎記紀的完成形變體刀，只是手段，並非目的。

她不習武藝，弱如紙門，單憑一己智略及奇策存活至今；不消說，今後她依然不會改變她的作風。

奪得王刀「鋸」及誠刀「銓」兩把刀之後，她對於四季崎記紀的變體刀開始產生懷疑。

第二個則是咱們的鑢七花。他乃是虛刀流第七代掌門，不使刀劍的劍客，亦是一把日本刀；生就一頭亂髮，人高馬大，虎背熊腰。

他自幼在無人島上長大，不懂世事；這回是應咎女之請，方才出島集刀。

目前的戰績為十五戰十一勝三敗一和。

不過最後的那一和原本就是場難分勝敗的比試，而在三敗之中，一敗是因為對手凍空粉雪年幼，心生大意；一敗是因為受制於劍道規則；當真落敗（或該說找不到落敗藉口）的只有對上天才鑢七實的那一戰。

就連錆白兵也敗在他的手下，如今他即便自稱日本第一高手，想必也無人敢置一辭。

接下來可是重點。其實他本身即是四季崎記紀所鑄的變體刀之一。

他不叫完成形變體刀，而是完了形變體刀。

四季崎記紀打造了千把變體刀，全都是為了鑄出這一把完了形變體刀——鑢七花。

說得更精準一點兒，不是鑢七花本人，而是整個虛刀流。

蒐集誠刀「銓」時，咎女從仙人彼我木輪迴口中得知此事，方又轉告七花；不過遺憾得很，七花為人粗枝大葉，從不為了自己的存在意義而煩惱，根本沒當一回事。

然而，想當然耳，他身為完了形變體刀之事將會大大左右今後故事的去向。

第三個是否定姬。她乃是尾張幕府家鳴將軍家直轄稽覈所總監督，本名不詳，來歷不明，生得金髮碧眼，容貌於鎖國的日本之內可說是極為罕見；她是幕府內另一個出了名的蛇蠍美人，亦是奇策士咎女的天敵。

否定姬身為稽覈所之首，監視暗懷鬼胎的咎女乃是份內職責所在；不過即便不論這一節，她與奇策士仍是水火不容。

咎女數度鬥倒否定姬，但否定姬總能東山再起；每當否定姬重掌大權，權勢便更勝以往。

咎女見狀，不由得毛骨悚然，是以計畫集刀之際又想方設法、費盡心機來對付否定姬。本以為這回萬無一失，否定姬絕不能捲土重來；誰知才過了半年，她又重掌大權，權勢更上一層樓。

此後，否定姬便開始插手集刀之事。她先是透露惡刀「鐚」之主鑢七實占領了劍客聖地清涼院護劍寺的消息，接著點明四季崎記紀的劍窯便在江戶不要湖，後來又告知咎女奧州百刑場的仙人手上握有誠刀「銓」之事。

見否定姬的情報如此精準，咎女更覺得毛骨悚然；不過說穿了，其實也沒什麼大不了的。如同前一卷所示，否定姬乃是傳奇刀匠四季崎記紀的子孫。

否定姬和奇策士咎女不同，即便揭穿了這層來歷也無害於她；但她仍舊守口如瓶，只把這件事告訴自己的心腹。

其實她並非故弄玄虛，只是揭穿身分的時機尚未到來罷了。

奇策士咎女有奇策士咎女的野心，否定姬自然也有否定姬的野心；不過她的野心要以野心二字稱之，似乎又不盡貼切。

總而言之，言而總之，否定姬對於四季崎記紀的完成形變體刀瞭若指掌，便是緣於此故。不過對於完成形變體刀的下一階段——完了形變體刀，她卻是所知無幾了。

否定姬並非無所不知。她還不知道鑢七花便是完了形變體刀。

第四個是左右田右衛門左衛門。他亦是尾張幕府家鳴將軍家直轄稽覈所之人，身著西裝，頭戴面具，老本行是忍者，正是方才所述的否定姬心腹。他和主子一樣來歷成謎，不過他並未刻意掩藏，連奇策士咎女都知道他便是一百七十年前與真庭忍軍相爭而覆滅的相生忍軍之後。

除了相生忍法，他還懂得相生拳法及相生劍法；手上握有四季崎記紀所鑄的最後一把完成形變體刀炎刀「銃」。

所謂的炎刀「銃」乃是雙槍，一把是轉輪式連發手槍，另一把則是自動式連發手槍。當然，這把刀乃是四季崎記紀的子孫否定姬與他共有。

眼下他奉否定姬之命，刺殺真庭忍軍的實質領袖真庭鳳凰；他與真庭鳳凰之間似乎因緣不淺，不過究竟是何因緣，目前尚未揭曉。

第五個真庭鳳凰與第六個真庭企鵝便一併介紹了。

他們倆皆是真庭忍軍十二首領，真庭企鵝屬真庭魚組，渾號「增殖企鵜」；真庭鳳凰屬真庭鳥組，渾號「神禽鳳凰」。

真庭企鵜能使兩種忍法，一為「毀命運」，一為「柔球術」；而真庭鳳凰目前能使三種忍法，一為「繫命」，一為「斷罪圓」，一為「記錄回溯」。

真庭忍軍為專事暗殺的忍者集團，原本只是受託於奇策士咎女而出手集刀，然而後來卻動了中飽私囊的歹念。

這全是因為真庭里窮困落魄，難以維持。天下太平，已經用不著專事暗殺的忍者集團；但真庭忍軍又豈會乖乖認命？

對他們而言，蒐集四季崎記紀之刀便是掙錢的大好機會。集刀恐怕是幕府交付真庭忍軍的最後一個重大任務，因此他們便搭上這艘順風船，趁機大撈一筆。

然而真庭忍軍萬萬沒想到，他們上的竟是條泥船。

起先計畫進行得還算順利，不但從美濃的淚磊落手中奪得絕刀「鉋」，又成功背叛奇策士咎女（奇策士雖然事先定下防止真庭忍軍叛逃之計，卻仍是被真庭忍軍擺了一道）；然而接下來卻是禍事連連。

先是真庭獸組的「冥土蝙蝠」真庭蝙蝠敗在鑢七花手下，緊接著是真庭鳥組的「反話白鷺」真庭白鷺命喪宇練銀閣之手，真庭魚組的「鎖縛食鮫」真庭食鮫又為敦賀迷彩所殺，真庭蟲組的「獵頭螳螂」真庭螳螂、「無重蝴蝶」真庭蝴蝶及「棘刺蜜蜂」真庭蜜蜂亦全數喪生於鑢七實之手。

後來真庭獸組的「傳染狂犬」真庭狂犬亦為鑢七花所敗，「查閱川獺」真庭川獺出師未捷身先死，真庭魚組的「長壽海龜」真庭海龜及真庭鳥組的「倒捲鴛鴦」真庭鴛鴦又先後命喪左右田右衛門左衛門之手，如今真庭忍軍十二首領只剩下兩名，可謂落魄不堪。

而眼下真庭忍軍的處境更是悽慘至極；至於如何悽慘，便待稍後慢慢道來了。

總而言之，如今上述六人分成三個陣營，成了三足鼎立之勢。

第一陣營為奇策士咎女與鑢七花，蒐集了十把刀，分別為絕刀「鉋」、斬刀「鈍」、千刀「鎩」、薄刀「針」、賊刀「鎧」、雙刀「鎚」、惡刀「鐚」、微刀「釵」、王刀「鋸」及誠刀「銓」。

第二陣營為否定姬與左右田右衛門左衛門，握有炎刀「銃」。

第三陣營為真庭鳳凰與真庭企鵝，握有毒刀「鍍」。

最後能夠集齊所有四季崎記紀完成形變體刀的究竟會是哪一陣營？
目前答案尚未可知，不過不久之後，鹿死誰手便會分曉。

■　■

真庭企鵝開始回想。
打從方才起，便又是提要，又是人物介紹，又是回想，故事根本沒進展；不過這回的回想可是有進展的回想。
事情是發生在上個月。
當時真庭企鵝與真庭鳳凰一路直往奧州百刑場而行；他們倆的目的，便是去會晤前往奧州百刑場蒐集誠刀「銓」的奇策士咎女。
一切全照計畫進行。
自從知道了鑢七花及完成形變體刀之主的厲害之後，真庭鳳凰便暫且退出集刀之爭，只以奪得一把刀為目的；至於剩餘的變體刀，便交由奇策士與虛刀流掌門去蒐集，他則等著坐收漁翁之利。

為此，他與奇策士結盟，還犧牲了一名弟兄。

一切都在計畫之中。

當時咎女已集得九把完成形變體刀，真庭鳳凰則握有毒刀「鍍」，正是扭轉局勢的好時機。

企鵝以為該等奇策士再集得兩把刀——亦即集得十一把刀時再下手，或是以靜制動，等對方找上門來；不過鳳凰卻認為這麼做會錯失良機。

鳳凰的想法並沒有錯。

其實包含企鵝在內，真庭忍軍多是些狂誕謬妄之輩，不懂得定計籌策，也不懂得依計行事；就連鳳凰擬定的計畫，都險些因真庭忍軍十二首領之一「傳染狂犬」真庭狂犬的一時衝動而破壞。在真庭忍軍之中，能夠定計籌策，並使喚這些狂誕謬妄之輩依計行事的，也只有較諳世情的實質領袖真庭鳳凰一人了。

因此企鵝並未出言反對。鳳凰認為該在此時行動，便得在此時行動。

然而如今一想，鳳凰終究是錯失了先機，錯失了良機。

「不通。」

在出羽與陸奧的交界之前，有道人影擋住了企鵝與鳳凰的去路。

那人腰間懸著長短對刀，身著西裝，頭戴面具，面具上寫著「不忍」二字。

「我早料到在此地守株待兔，就能等到你——真庭鳳凰，還有……真庭企鵝，是吧？我懶得等你們質問，直接報上名號。我叫左右田右衛門左衛門，是為了殺你們而來。」

「嗚……」

企鵝忍不住呻吟。

他們和這名男子並非第一次碰頭。九月裡，真庭鳳凰、真庭企鵝與真庭鴛鴦三人於伊豆圍著毒刀「鍍」計議之時，這名身著西裝的面具男子突然現身；當時鴛鴦為了保護鳳凰、企鵝與毒刀「鍍」，便自告奮勇，挺身斷後。

結果如何，不得而知；唯一可以確定的，便是鴛鴦至今尚未前來會合。

「沒錯，我殺了真庭鴛鴦。」

企鵝身為忍者的修行還不到家，心事全寫在臉上；身著西裝面具的男子——左右田右衛門左衛門瞧出他的心思，便來了個落井下石。

鳳凰頭也不回地教身後的企鵝退下。

「汝的忍法柔球術在這種寬敞的地方可使不出來。」

「遵、遵命——」

企鵝點頭，乖乖退下。

「鳳、鳳凰大人，您可得小心。倘若海龜大人和鴛鴦大人真的是死在他手下，想必他的實力——」

「吾明白。」

鳳凰點頭。

「他的實力與吾應在伯仲之間。」

「『不禁』。」

右衛門左衛門一面伸手探往腰間的長短對刀，一面說道：

「你說這話，真教我不禁失笑啊！真庭鳳凰。你我的實力在伯仲之間？那是當然啊！」

企鵝原以為右衛門左衛門善使雙刀，立時便要拔刀攻來；誰知他拔是拔了，卻是連刀帶鞘拔出腰間，並將兩把刀丟到路旁。

「相生劍法對真庭海龜和真庭鴛鴦都不管用，我就省去這道功夫了。反正我並非劍客，律法可沒規定我非得用劍不可。」

「那倒是。」

鳳凰也如法炮製，從腰間連著鞘拔出刀來。

不消說，他的刀正是四季崎記紀所鑄的十二把完成形變體刀之一——毒刀「鍍」。

鳳凰將刀交給企鵝，囑咐道：「好好拿著。」

看來這兩人似乎打算赤手空拳決勝負。

「這下子雙方都是手無寸鐵，行了吧？『右衛門左衛門』？」

「沒錯，正是『右衛門左衛門』。」

右衛門左衛門說道：

「用千錘百鍊的身軀與招式來一決勝負也不壞啊！」

「很好。」

鳳凰的手在他點頭之前便已先動了。他手中不知何時多出了數把手裏劍，一口氣朝著右衛門左衛門射去。

然而右衛門左衛門也不是省油的燈；他雖然晚了鳳凰一步，卻也射出了手裏劍。他所投擲的手裏劍與鳳凰不同，乃是棒手裏劍，狀似苦無，速度較快。

雙方的手裏劍在兩人之間相撞，往一旁彈開。

見對手說好了赤手相鬥卻以手裏劍偷襲，兩人並未出口責難，只是默默地繼續交戰。此亦當然，他們倆皆是忍者，素以卑鄙卑劣為營生手段；唯一有別者，便是一人仍為忍者，另一人卻已金盆洗手。

不過一旁觀戰的真庭企鵝並不知道右衛門左衛門原為忍者。他年歲尚輕，根本不知道一百七十年前曾有個被滅的相生忍軍；不過見了手裏劍，也猜出了右衛門左衛門乃是忍者出身。

企鵝有十足把握，只要拉近距離，鳳凰必勝無疑。

真庭鳳凰所使的忍法斷罪圓在近距離之下威力無窮，饒是左右田右衛門左衛門再怎麼厲害，中了斷罪圓必敗無疑，所以這場仗定會以鳳凰的勝利收場。

企鵝雖有十足把握，卻難消心中不安；每當他抹去一絲不安，不安便又油然而生。

這股不安與不祥的預感並非起因於企鵝的懦弱。

真庭鳳凰與左右田右衛門左衛門交手數回合之後，便如企鵝所料，成了近身戰；然而勝負卻並未因此分曉。

他們兩人的招式打不中對手，亦無牽制之效，卻又不能疏於防禦，只能你一來、我一往，成了消耗戰。

兩人並未保留實力。右衛門左衛門臉戴面具，心思難辨；但瞧鳳凰的表情，便可知他這一仗打得並不輕鬆。

——為什麼？

企鵝抱著毒刀「鍍」，滿心疑惑。

——為何鳳凰大人不使斷罪圓？

在這種距離之下，忍法斷罪圓必中無疑，鳳凰為何不出招？

「鳳——鳳凰大人！」

企鵝忍不住出聲叫道：

「斷、斷罪圓！用斷罪圓！」

「哦？」

點頭的卻不是鳳凰，而是右衛門左衛門。

「身體未死，但心卻死了，是我現在的主子否定了我的死。只要是主子交付的任務，我赴湯蹈火，在所不惜。」

「否定？汝的主子果然是否定姬？」

「你早就知道了吧？」

「哼！」

聽了右衛門左衛門這番話，真庭鳳凰毫無動搖之色，彷彿左耳進右耳出。他看來並不像虛張聲勢。

已死的故人——過去死在自己手下的人出現於眼前，真庭鳳凰卻無動於衷？

「吾等是彼此彼此啊！右衛門左衛門。汝為吾，吾亦為汝，再打下去，縱使吾勝不了汝，也不會敗在汝的手下。」

「或許吧！」

右衛門左衛門說道。

兩人一面說話，一面繼續打鬥；手裏劍等暗器早已用完，轉為肉掌相搏的近身戰。

他們的身手熟練俐落，打起來又平分秋色，不分軒輊，彷彿是說好了一起套招一般，外人根本沒有插手的餘地。

既然兩人勢均力敵，企鵝若是上前助陣，應該能打敗右衛門左衛門；但當時企鵝卻未想到這一節，即便想到了，只怕也不敢出手。胡亂插手，或許反而會害得鳳凰落於下風；是以右衛門左衛門與真庭鳳凰始終勝負難分。

——他的實力與吾應在伯仲之間。

企鵝想起了鳳凰的這句話。

這是場不是你死，便是我亡的決鬥；正因為攸關性命，兩人老使虛招牽制。

企鵝暗自憂心久戰不利於鳳凰。這並非企鵝杞人憂天，而是有確切的根據。

以鑢七實為例，鳳凰自己也說過，七實的招式「觀習」與他的忍法繫命有相似之處，但卻有一個決定性的差異——七實不須殺死對手，也不須接續砍下的部位，只消用眼睛瞧上一次便能學習對手的招數，看上兩次則能融會貫通；更可怕的是，她能把招式使得比原主還要精純。這全是歸功於鑢七實的天賦異

三章 東海道

■ ■

位於家鳴將軍家轄下尾張城附郭一隅的否定府之內，只見稽覈所總監督否定姬一如往常，既未點燈，亦不坐下，只是手持鐵扇，獨自佇立於房裡。

「…………」

不過她的神態卻與平時略有不同。

金髮碧眼的她一手拿著鐵扇，另一手則拿著一封書信。

那封信正是她的心腹左右田右衛門左衛門傳來的密函，剛送到府內。

這是右衛門左衛門前往出羽的客棧之前寄出的密函，因此信中並未記載他收拾了真庭忍軍十二首領之一真庭企鵝之事。

至於信中稟報之事——

「奇策士咎女——」

否定姬鬱鬱寡歡，心慵意懶，喃喃說道：

「我對妳向來是深惡痛絕，老實說，不管妳有何來歷，是否心懷不軌，我都打算除掉妳；我和妳作對，與稽核官的職務並不相干。對頭冤家當久了，可也當出感情來啦！只是我萬萬沒想到——」

否定姬捏緊密函，好似這封信與她有深仇大恨，又好似不願承認信中所書之事。

「居然是以這種形式與妳了結。」

她又說道：

「實在是太遺憾了，奇策士。妳為何如此粗心大意？……哼！」

否定姬將揉成一團的書信扔到角落，視線移往屋外。

「事情到了這個地步，至少得讓她完成最後的任務。伊賀的真庭里……她現在人應該在東海道，還要一段時日才能抵達。我不知道虛刀流有多厲害，不過我的祖先可不是好相與的；畢竟他老人家可是擁有連我都未能承襲的能力啊！」

否定姬續道：

「至少替自己的生命畫下完美的句點吧！」

■
■

虛刀流第七代掌門鑢七花與奇策士咎女離開出羽之後，便一路直往伊賀前進。

半路上七花曾向咎女提議先回尾張一趟，但咎女卻否決了。

「一回尾張，我便得進宮，到時又得和否定姬碰頭。雖然只是一、兩天的功夫，但是現在連一、兩天都浪費不得。別的不說，光是瞧那些皇親貴族的臉色就夠累人啦！」

奇策士認為與其把時間及精神消耗在這種事上，不如早一日前往伊賀。

「話說回來……」

走完了東海道的一半路程，經過尾張之際，七花向咎女說道：

「人家說最危險的地方便是最安全的地方，果然不錯。新真庭里的下落一直成謎，誰曉得居然就在伊賀。」

一路旅行下來，七花也知道伊賀正是幕府麾下隱密集團的根據地；真庭忍軍選在伊賀建立新里，說來便是利用了幕府的盲點。

「真庭忍軍背叛之後，隱密班在幕府之內的勢力一落千丈；真庭忍軍知曉此事，才敢斗膽在伊賀興建新真庭里。唉！這事要是讓朝廷知道，隱密班更是名聲墜地啦！不，或許不止墜地，還得沉到地底裡去呢！」

「怎麼？莫非妳不回尾張，便是因為不願進宮稟報這件事？」

「笑話！我何必袒護隱密班？我只是擔心稟報此事之後，隱密班會來攪局罷了。」

「伊賀啊……說來意外，跑遍了大江南北，這還是頭一回上關西。咱們只有啟程之前曾在京都逗留幾天，後來便沒再去過了。」

「呃……」

咎女屈指算了起來。

「先是爾的故鄉不承島……再來是因幡、出雲、巖流島、薩摩、蝦夷、土佐、江戶、出羽、陸奧……接下來是伊賀，差不多繞了日本一圈啦！不過北陸一帶倒是不常去。」

「嗯……」

巖流島上的錆白兵。

毒刀「鍍」——毒性最強的變體刀。

「可是真庭鳳凰也不是劍客啊！就算毒刀的毒性再強，也不至於剛碰到刀便深受毒害吧？」

「真庭鳳凰的確不是劍客。」

咎女舉起左臂，對著七花揚了一揚。

「不過他的左臂可是大有問題。」

「左臂？」

真庭企鵝曾說道，眼下鳳凰所用的左臂，乃是真庭川獺的左臂。

忍法繫命——

真庭鳳凰在薩摩與奇策士咎女二人初次照面之時，曾為了表示結盟的誠意而自斷左臂；一個月後，他又在蝦夷踊山現身，但當時手臂卻是完好如初。

莫非這便是忍法繫命的功效？

根據真庭企鵝所言，當時真庭鳳凰的左臂是死在薩摩的那幫海賊的，而現在的左臂則是真庭川獺的。

「企鵝豈會露口風？別看他年幼，他可是真庭忍軍十二首領之一；真庭忍軍之首使的忍法，可是最重要的機密啊！」

「是嗎？」

「不過我們還是得到了不少情報，尤其是忍法斷罪圓居然和右衛門左衛門所使的不忍法不生不殺相同，更是教人興味盎然。」

「是啊！」

不忍法不生不殺，

原名忍法生殺。

「那是相生忍法是吧？可是咱們還是不知道不忍法不生不殺是什麼招數啊！」

「那倒是。右衛門左衛門本來也是個忍者，自然不會輕易透露了。哼！右衛門左衛門……」

根據企鵝所言，右衛門左衛門挨了真庭鳳凰一刀，但路旁並未見到他的屍首——

換言之，右衛門左衛門雖然為鳳凰所傷，但傷不至死，事後離開了現場。

這點教七花不得不佩服。

他能自行離開，表示傷勢遠比企鵝輕。

「不知他是否回尾張了？」

「或許吧！否定姬命他刺殺真庭鳳凰，可說是弄巧成拙了。不對，她命令右衛門左衛門刺殺鳳凰時，真庭忍軍尚未奪得毒刀——」

「喂，咎女。」

七花問道：

「有件事我不大明白。」

「我倒想問問哪件事是爾明白的。也罷，爾只是『不大』明白，已經值得讚許了。好了，何事不大明白？」

「真庭鳳凰的忍法是先殺了對手，砍下身體部位，接到自己的身上，把對手的招式化為己用，對吧？他對真庭川獺也是這麼辦的。可是我看右衛門左衛門豈止沒死，連手腳都完好無缺啊！」

「既然左右田右衛門左衛門還活著，便代表條件有誤。照理說，忍法繫命須得殺死對手方能奏效，不過也有例外的時候。」

「哦？」

「或許主觀上認定對方被殺死即可。事到如今，已無從證實；不過我這個猜測應該是八九不離十。」

「原來如此。不過……」

「不過？」

「不過……右衛門左衛門手腳身體完好無缺，真庭鳳凰又是如何將斷罪圓化為己用？」

「他並非完好無缺。」

咎女指著自己的臉說道：

「左右田右衛門左衛門一直戴著面具，或許是有不得拿下面具的理由。」

「……………」

七花一時間不解咎女之意，不過隨即會意過來了。

「換言之……他的臉皮被剝了下來？」

「而真庭鳳凰便將他的臉皮貼到了自己臉上。」

咎女克制情感，淡然說道。她雖見過不少大風大浪，但此事實在太過於駭

「我曾說過真庭里在太平盛世之中漸趨沒落，這話爾還記得吧？」

「嗯，所以他們才背叛妳。其實這麼一想，他們倒也有值得同情之處。」

「他們不值得同情。」

咎女斷然說道。

她對真庭忍軍的恨意果然極深。

「不過真庭忍軍沒落的最大原因，便是因為缺乏統率者。」

「哪有這回事？他們有十二個首領啊！」

「首領有十二個之多，還叫統率者麼？……這種制度適用於亂世，當年真庭忍軍便是靠著這晝時代的制度，方能擊潰夙敵相生忍軍。分立十二首領，確實最能發揮真庭忍軍這些狂悖之徒的長才，不過到了太平盛世可就不然了。」

「真庭忍軍便是因為沒有統率者，才開始衰敗？」

「不錯。幕府麾下的隱密班有個善盡職責的統率者，是以現在仍然興盛——不，嚴格說來已經沒落，不過這是因為遭到真庭忍軍的牽連。」

真庭忍軍不止成員人格偏差，連組織也出了問題。

唉！說來也是理所當然，自作自受。

「不過真庭鳳凰卻想力挽狂瀾，因此才追尋尋常的人格；而左右田右衛門左衛門便是犧牲者。」

「…………」

這麼一想，真庭鳳凰與左右田右衛門左衛門確實有相仿之處。

「……否定姬曾說真庭鳳凰與右衛門左衛門有仇，原來不光是相生忍軍與真庭忍軍之間的夙怨，還有這一層過節？」

「這個嘛……否定姬是否知曉此事還很難說。她向來不拘小節，並不在乎右衛門左衛門的過去。再說，縱然有這層過節，右衛門左衛門也不見得就會因此懷恨在心。」

「是嗎？」

「倘若右衛門左衛門是個念念不忘舊恨之人，鳳凰也不會奪他的人格了。若非右衛門左衛門為人如此，否定姬又豈會視他為心腹大將？」

咎女話鋒一轉，說道：

「言歸正傳。我們已經走了不少路，不過要到伊賀，大概還得再花上三、四天。」

持刀之人未知的炎刀『銃』才是最後一把刀。」

風水輪流轉，這回居然輪到七花糾正咎女了。不過咎女否定了七花之言。

「不，炎刀『銃』位於何處，我已經有個底兒了。」

「咦？」

「持刀人是誰亦然。」

說完，咎女便轉向前方，繼續舉步前行。七花見狀慌忙跟上，與她並肩而行。

「什麼意思？」

「炎刀『銃』十之八九是在否定姬手上。」

咎女面向前方說道：

「說得更正確一點兒，是在否定姬和左右田右衛門左衛門兩個人手中。」

「咦……？在他們手上？看不出來啊！」

「豈能讓爾瞧出破綻？爾也該學著懷疑別人。」

「我倒覺得妳該學著相信別人。」

七花難得反口調侃咎女，咎女聞言，不快地瞇起眼來，卻未對此置喙，而是續道：

「上回在尾張會見否定姬時，她不是說過左右田右衛門左衛門收拾了真庭海龜？」

「嗯。」

七花點頭。

「沒錯，沒錯，在咱們不知不覺之間，真忍的人數變得越來越少了。」

奇策士咎女向來不相信否定姬，當時並沒把那番話照單全收；不過與真庭企鵝所言對照之下，否定姬提供的情報毫無矛盾，應是實話無疑。

「真庭鴛鴦阻撓右衛門左衛門刺殺真庭鳳凰，死在右衛門左衛門手下還算合理；不過真庭海龜可不同了。根據企鵝所言，海龜是在否定姬下達刺殺令之前便遇害了。」

「真庭忍軍不止背叛妳，也背叛了幕府；右衛門左衛門身為幕府之人，下手除掉真庭海龜，也是合情合理啊！」

「右衛門左衛門是否定姬的部下，卻不算是幕府之人。他是否定姬的心腹，沒有否定姬的命令，豈會擅自行動？」

的算盤一模一樣。不過依否定姬的作風，她的企圖恐怕不止是搶功勞，而是想鬥垮我呢！」

「這一路上，她已經設了不少圈套啦！」

「那種圈套對否定姬而言不過是兒戲罷了，她一旦認真起來絕不止如此。不過我也一樣。無論如何，既然最後的對手是否定姬，以平常心應對便得了。」

「平常心？」

「不錯。」

咎女面露微笑，說道：

「所以我才說集刀之旅即將結束。」

「結束……」

「既然炎刀『銃』是落在否定姬和右衛門左衛門手上，目前自然是在尾張；對我們而言，伊賀便成了旅程的終點。伊賀雖是真庭里所在之處，不過風土文物頗值得一觀，作為終點倒也不壞。」

「嗯……」

聽了咎女這番話語，七花姑且點了點頭。

既然炎刀「銃」便在幕府之中（只不過是在對頭手裡），毒刀「鍍」的確算是最後一把刀，也難怪她會說這些反常的話語了。然而接下來咎女說出的話，更讓七花驚訝得險些把肺裡的空氣都吐出來。

「七花，這趟旅程結束之後，爾可願留在我身邊？」

咎女說道：

「我和否定姬不同，一直以來都沒有心腹；軍所裡部下雖然不少，信得過的人卻是一個也沒有，因為信賴關係只會妨礙我的野心。」

「…………」

「所以別說是信賴關係了，我連人際關係都是淡薄如水。我屢次對付否定姬，除了自保以外，也有這層意義在。不過我不願如此對待爾。」

說著，咎女停下腳步。

七花欲窺探咎女的表情，但咎女似乎察覺了，立刻將臉別開，繼續說道：

「起先我只打算與爾合作到集齊刀劍為止，不過現在不同了。縱使真庭忍軍與錆白兵已除，我仍需要爾的一身功夫來助我升官晉爵。」

「咎女——」

「集刀之旅即將告終，不過我的征戰尚未結束；集齊刀劍之後，才是最緊要的關頭。我需要爾的武功，也需要爾在我身邊時帶給我的安詳。」

咎女續道：

「所以鑢七花，我希望爾能成為我的心腹。」

「……可是……」

七花面對咎女這突如其來的一番話，變得結結巴巴。

咎女集齊刀劍之後有何打算？她會如何處置自己？這些日子以來，七花不斷反覆想著這個問題。

「我是鑢六枝的兒子啊！」

「嗯。」

「是妳的殺父仇人鑢六枝的兒子啊！」

「嗯。」

咎女點頭附和之後，方又問道：

「那又如何？我爹又不是爾殺的。鑢六枝一死，我對虛刀流的仇恨便了結了。」

「……………」

「更何況殺了六枝的人便是爾……縱非如此，我也沒有恨爾的理由，不是麼？原來爾一直把這種無聊的蠢事放在心上？」

咎女失聲笑道，轉過身來望著七花。

他們倆一高一矮，站得又近，是以咎女得抬頭仰望七花。

「好了，爾意下如何？」

「……反正我也無處可去，姊姊又死了……事到如今，已經沒理由回不承島了。妳肯繼續用我，我是求之不得。」

「那就這麼辦吧！」

咎女一派輕鬆地說道，再度邁開腳步，七花亦隨後跟上。

咎女突然朝著七花伸出了手，七花不解其意，一頭霧水；見狀，咎女不快地皺起眉頭。

「爾在幹什麼？蠢材！」

她說道：

「身為心腹，走路時得和主子牽手才成。」

四章 柔球術

■
■

「哦？那個戴面具的男人逃了啊？」

神祕人以真庭鳳凰的模樣與聲音說道：

「動作挺快的。我還以為那一刀已經要了他的小命，原來他的傷勢並不嚴重啊！不過幾百年，便出了這等高手，倒是值得慶幸之事。」

他又以真庭鳳凰的眼睛百般無聊地俯視著真庭企鵝。

「不過武功低微的倒也不是沒有。不對……中了我一刀還沒斷氣，武功也不算低微了。喂，小子，聽得見我說話嗎？」

企鵝答不上話。

這不是因為他傷勢沉重，而是因為他心中恐懼，發不出聲音。

「你就繼續躺在這兒吧！馬上就會有人經過救你，到時你告訴他們，我在伊賀恭候大駕。」

神祕人大刀一揮，甩掉了刀身上頭的企鵝之血，也不還刀入鞘，便直接把黝黑的毒刀「鍍」扛在肩上。

「我一面等，一面試刀。哈哈！真庭里，專事暗殺的真庭忍軍？真沒想到連相生忍軍都滅亡了，這種歷史上偶然出現的鬼玩意兒居然還留著，說來倒也令人佩服。」

神祕人以真庭鳳凰的模樣、嘴巴及聲音說道：

「用來試刀剛剛好。」

「鳳——鳳凰大人。」

「鳳凰大人？不對。」

神祕人說道：

「我是四季崎記紀。」

■■

「——哇啊啊啊啊！」

出羽郊外的客棧之中，住在二樓客房裡的真庭企鵝慘叫一聲，猛然驚醒。

嗚……………………………………………………」

企鵝哀聲呻吟，但他好歹是個忍者，是真庭忍軍十二首領之一，危急之際仍不忘觀察對手。

右衛門左衛門與上回照面時的不同之處，便在於西裝的肩頭部位裂開，露出的肌膚之上有道刀傷，正是為真庭鳳凰以毒刀「鍍」所傷的痕跡。

真庭企鵝的胸口亦有相同的刀傷，不過右衛門左衛門的傷痕要比企鵝的來得淺上許多。

當時右衛門左衛門看似血沫橫飛，其實是巧妙地避開了鳳凰的刀。

而他腰間並未佩刀；當時他將長短對刀丟在路旁，無暇拾回，卻也未另行添購新刀，可見得他果然並非用劍之人。

雖然右衛門左衛門說他已金盆洗手，不過在企鵝看來，光憑他逃命速度之快，便可稱得上是不折不扣的忍者。

「『不見』。」

右衛門左衛門似乎對企鵝毫無興趣，只是環顧房內，平靜地說道：

「不見奇策士與虛刀流掌門的身影，看來是錯過了，真遺憾。也罷，反正他們是用走的，我施展輕功便能追上。」

「嗚，嗚，嗚……」

「既然你已將新真庭里位於伊賀及真庭鳳凰因毒刀『鍍』發瘋之事告訴他們，便用不著我出面了。」

「你、你——」

企鵝抖著聲音勇敢說道：

「都是你害得鳳凰大人——」

「我害的？一點兒也沒錯。」

企鵝慷慨激昂，右衛門左衛門卻是一派鎮定。

「不過你沒資格怪罪於我。別忘了我和你可是敵人。」

「…………」

「無論是站在幕府之人或相生忍軍之人的立場皆然，對我而言，真庭忍軍乃是敵人。」

右衛門左衛門續道：

「不過我並不怨恨真庭忍軍。我與你們之間並無私人恩怨，只有使命。」

「你、你……負傷逃走之後，為何直到現在才出現？」

憑右衛門左衛門的本事，要查到企鵝在這座客棧之中療傷根本不費吹灰之力，為何遲至現在才現身？

「我不是說過了，我另有正事在身嗎？」

右衛門左衛門答道：

「真庭鳳凰變成那副德行，憑我之力已殺不了他；不，是輪不到我出手了。其實正如鳳凰所言，我與他的實力在伯仲之間，要刺殺他本就困難。」

「伯仲之間……」

「所以我才把真庭鳳凰及毒刀『鍍』交給奇策士及虛刀流掌門處置，去辦我的正事。不過對我的主子而言，那只是件順道辦理的差事罷了。」

順道辦理的正事？什麼意思？

企鵝對於右衛門左衛門的主人否定姬的瞭解並不若奇策士咎女深，也不明白她的脾性，便是想破了腦袋也得不到答案；再說，現在該想的是其他事。

「……既然那件差事辦完了，回程閒著也是閒著，我就順道來找你。」

「閒、閒著也是閒著，就順道來找我？」

「真庭企鵝。」

右衛門左衛門說道：

「或許有人會念在你年歲尚幼而放你一條生路，不過我可不然。」

聽了右衛門左衛門這句話，企鵝想起了奇策士的所作所為。莫非奇策士便是念在企鵝年幼，才沒有趕盡殺絕？

企鵝不明白，他只知道左右田右衛門左衛門絕不會心軟。

閒著也是閒著，我就順道來找你——對他而言，收拾企鵝不過是回程時用來打發時間的消遣。

「雖然主子並未下令要我殺你，不過若是留你這種情緒不穩的忍者活口，只怕日後會成為禍根，對主子不利。反正真庭鳳凰已瘋，真庭忍軍只有滅亡一途，我就自作主張，送你一道上路。」

說著，左右田右衛門左衛門雙手交叉探入懷中，摸出了一對鐵塊。

想當然耳，企鵝並不明白那是什麼東西。

轉輪式連發手槍。

自動式連發手槍。

這是不該存在於這個時代的兵器，企鵝自然不明白；至於真庭鴛鴦便是死於這對兵器之事，企鵝更是無從知曉。

「就如同你欲用毒刀『鍍』助鳳凰擊敗我一般，我原來也打算以這把炎刀『銃』來打破僵局，只是沒想到被你搶先一步。」

「……炎、炎刀？」

炎刀「銃」——四季崎記紀所鑄的完成形變體刀之一，亦是真庭海龜追蹤的完成形變體刀。

「真庭鳳凰與我人格相同，極為小心謹慎，卻也未能防範你這一著，足見你擲刀之舉有多麼出人意表。真庭企鵝，我不會藏招，一開始就要用這對兵器對付你。」

「……？……？……？」

真庭企鵝對於炎刀「銃」一無所知，聽了名字也不明白它有何功用，只是徒增困惑而已。

左右田右衛門左衛門看出了企鵝的迷惘，發動了炎刀「銃」。

發動二字其實是誇大其辭，他不過是扣下這兩個鐵塊的扳機罷了。

砰！

砰砰砰砰砰砰砰！

一陣清脆的聲音於房裡響起。

真庭企鵝與背後中槍的真庭鴛鴦不同，乃是正面目睹炎刀「銃」發動；一見之下，才知道原來炎刀「銃」的構造極為簡單。

炎刀「銃」雖然又小又短，卻與火槍相仿，能射出藏有火藥的子彈；攻擊性則是遠遠優於火槍，既能連續發射子彈，又利於隨身攜帶。

只見數顆子彈應聲飛向真庭企鵝，速度迅疾無比。

真庭忍軍之中最能與火槍匹敵的忍法，便是真庭蟲組十二首領之一的真庭蜜蜂所使的忍法彈指撒菱；然而彈指撒菱比起眼前的炎刀「銃」，卻有雲泥之差。這兩個小小的鐵塊何以有如此驚人的功效？

不過區區一瞬間，企鵝便瞧出了這許多端倪，說來也是他的過人之處；不過瞧是瞧出了，企鵝依然束手無策，只能坐以待斃。

莫說閃躲，他連動也不能動。

「…………！」

雖然企鵝文風不動，但炎刀「銃」放出的七顆子彈並未傷及他半根汗毛，全嵌進了他身後的牆壁之中。

「……哦？」

左右田右衛門左衛門發出了驚訝——不，讚嘆之聲。

「沒打中……不，是被你躲開了？」

「……別白費功夫了。」

企鵝雖然渾身打顫，卻仍清楚明白地說道：

「我已經明白炎刀『銃』的特性……就算它比現有的火槍更為精準，又有連續射擊之效，只要它是暗器，便對我不管用。」

「…………」

「這就是我的忍法——毀命運。」

忍法毀命運在真庭忍法之中乃是極為稀有的忍法，年幼的真庭企鵝之所以被選為十二首領之一，便是緣於此故。

這個忍法的精要不在於攻守，而在於生命力。

奇策士咎女與否定姬素來不相信命運，不過忍法毀命運正是建立於命運論之上，卻又具有毀壞命運之力。

真庭企鵝的運氣奇佳，運勢之強絕非霉運或幸運二字所能概括，更非道理或天理所能解釋。

所謂福星高照，便是形容他這種人。

以真庭海龜為例，負責去找炎刀「銃」，是他倒運；反過來說，真庭企鵝與真庭鳳凰一道去找的是毒刀「鍍」，便是真庭企鵝走運。真庭忍軍能得到毒刀「鍍」，或許也得歸功於真庭企鵝的好運。

真庭企鵝蒐集情報的能力之所以能與真庭蝙蝠及真庭川獺匹敵，便是緣於他的運勢之強。

發了瘋的真庭鳳凰本欲殺害企鵝卻未能取他性命，亦是歸功於他的好運。他的運勢之強，足以毀壞命運。這就是忍法毀命運。

「是嗎？我也明白了。」

右衛門左衛門說道。

企鵝領悟了炎刀「銃」的特性，右衛門左衛門也從方才的狀況及「毀命運」三字瞧出了企鵝所用忍法的箇中端倪。

然而企鵝絲毫不以為意。縱使右衛門左衛門瞧出了端倪，毀去的命運也決計不能復原。

「我一直覺得奇怪，奇策士對真庭忍軍恨之入骨，為何留你活命，又未傷你半根汗毛？莫非這也是毀命運的功效？」

「不知道。」

企鵝強硬地說道。他心裡雖然直打顫，表面上卻奮力虛張聲勢。

眼下正是緊要關頭，若能度過這一關，不僅能趕到伊賀去救鳳凰，還能奪取左右田右衛門左衛門手上的炎刀「銃」。

炎刀「銃」正是獻給真庭鳳凰的最佳見面禮啊！

「我只知道無論炎刀『銃』再厲害，只要它屬於暗器，射出來的子彈便會自動避開我。」

外國的故事之中，有個國王能在漫天箭雨裡昂首闊步；真庭企鵝的幸運與那國王相比，可謂有過之而無不及。

在真庭里之中，無論是多麼厲害的高手，都無法用手裏劍打中企鵝；即使是真庭蜜蜂那素有百發百中之譽的忍法彈指撒菱，亦不能傷及真庭企鵝半根汗毛。對於彈無虛發的真庭蜜蜂而言，真庭企鵝是唯一的例外。

「只限於暗器……」

右衛門左衛門說道：

「代表你的忍法並非萬能。是啊！若是你的忍法真有毀壞命運之力，你豈會落到這般田地？真庭鳳凰豈會發瘋，你又豈會被他所傷？」

「…………」

「只要不是暗器，便能傷你。我瞧你洋洋得意，似乎忘了一事；我除了這把炎刀『銃』以外，還有鳳凰口中的忍法斷罪圓——不忍法不生不殺可用。」

「……我沒忘。」

企鵝答道：

「不過我也還有絕招未出。我的渾名叫『增殖企鵝』，你可知道箇中的涵義？」

「莫非你能使分身術？」

「雖不中亦不遠矣。」

說著，企鵝從懷裡取出兵器。奇策士與虛刀流掌門臨走前並未取走他的兵

的地步，只見柔軟的橢圓形不斷往他上身招呼，啪喳聲不絕於耳。

柔球彈力極佳，連在紙門上都能反彈，打在身子上的勁道自然不大，卻已足以封住右衛門左衛門的行動；再者，滴水也能穿石，積少成多之下，殺傷力亦是不容小覷。

「真庭、企鵝！」

在狂風暴雨般的柔球陣中，真庭企鵝依舊是文風不動，但柔球並未觸及他半根汗毛。

忍法柔球術原本是在被敵手逼到死路時所用的招式，旨在拖延時間，適合於狹窄的屋內使用，功效近乎煙幕彈。

雖說滴水也能穿石，但柔球在擊垮敵手之前，往往先毀壞屋內的紙門，因此充其量只能算是種障眼法，沒有殺傷力。

不過能使忍法毀命運的真庭企鵝使出此招時可就不同了。

真庭企鵝擲出的柔球不僅能避開他自己的身軀，還能迴避紙門最為脆弱的部位，將撞擊次數減至最少；是以他的柔球術與眾不同，具有殺傷力。

真庭企鵝無須刻意控制，柔球便能有此功效，全賴他的運勢。

「原來是結合了護身用的忍法毀命運及逃走用的忍法柔球術？這倒是個威脅，難怪你年紀輕輕便當上十二首領之一——」

右衛門左衛門已放棄防禦或接住飛舞的柔球，只是任憑柔球亂打。他望著眼前的企鵝說道：

「唉！真庭企鵝，原來像你這樣的歷史寵兒果真存在。」

「…………？」

「你就好比真庭忍軍版的鑢七實，教人不寒而慄……倘若鑢七實靠著『觀習』學會了你的毀命運，便更是如虎添翼了。不過——」

右衛門左衛門並不閃避反彈的柔球，只是將炎刀「銃」——轉輪式連發手槍及自動式連發手槍的槍口朝向真庭企鵝。

「無論你如何受這個時代寵愛，你可有自信能在幾百年後依然受寵？」

「咦？」

「歷史的命運可不是你能輕易毀壞的。」

說著，左右田右衛門左衛門扣下了兩把手槍的扳機。

砰砰砰砰砰砰砰砰砰！

又有七發子彈從兩個槍口連續射出。

子彈的速度比變快的柔球還要快，不過企鵝仍認為右衛門左衛門此舉是無謂的掙扎。

連滿天飛舞的柔球都碰不到企鵝的身軀，更別說是區區七發子彈了。右衛門左衛門只是狗急跳牆罷了。

果不其然，右衛門左衛門射出的七發子彈全數落空——

「…………………！」

就在真庭企鵝自以為勝券在握之際，他的背上突然感到一陣衝擊。

不，以「感到」二字描述太過薄弱。那陣衝擊共有三道，道道強而有力，尖銳猛烈。

「……咦……？」

「七發裡只中三發？差強人意。」

右衛門左衛門處於這種狀況之下，說話的聲調依舊絲毫未變。

「我這招的靈感便是來自於你的柔球術——就像這兩只柔球一樣……」

右衛門左衛門橫眼瞥著仍在反彈並撞擊自己身軀的柔球，繼續說道：

「若是反彈的子彈，說不定便能打中你。」

「跳——跳彈……？」

聞言，企鵝轉向身後。

豈有此理？柔球極軟，方能不斷反彈；但子彈乃是鐵所製成，在這般速度之下打中牆壁，豈能反彈？

右衛門左衛門第一次射出的七發子彈，不就全數嵌進了企鵝身後的牆壁麼？

「……啊！」

「『不差』。」

見企鵝會意過來，右衛門左衛門點了點頭。

「不錯，你料得分毫不差。方才我並非對著你開槍，而是瞄準了頭一次開槍時的嵌進牆壁的七發子彈；鐵能反彈鐵，彈回來的七發子彈之中，有三發射中了你。倘若你真能永遠得寵，跳彈射中的應該是我……只可惜你的好運並不能持續到數百年後。」

「你、你、你在說什麼——」

「『不須』。你無須明白。」

說著，右衛門左衛門打開了身後的紙門，兩只柔球飛出了門外，落到走廊上。他立刻關上紙門，以免柔球再度彈進房裡來。

至此，真庭企鵝的運勢終於用盡了。

「嗚、嗚、嗚……」

企鵝背上疼痛難捱卻還能昂然而立，說來已不簡單；然而右衛門左衛門並未懾於他的氣魄，一步一步地靠近。

「跳彈威力較弱，沒造成致命傷。你也算是個可怕的對手，等著吧！我立刻送你上路。」

說著，右衛門左衛門將兩把手槍的槍口都塞進了呆若木雞的真庭企鵝口中。

「你的毀命運已經不管用了。這個距離開槍，子彈決計不會落空。真庭企鵝，你有什麼遺言便說吧！」

「…………」

真庭企鵝偌大的眼睛裡流出了一道淚水。

「我……我不想死。」

他說道：

「我、我根本不想上戰場。」

右衛門左衛門聽了企鵝這番話，嘆了口大氣。

「在死前說這等窩囊話的，你是有史以來頭一個。」

於是乎，右衛門左衛門扣下了扳機。

無情的槍聲迴響於房中。

■　■

真庭忍軍十二首領終於只剩下一人，而那個人——已經發了瘋。

五章　四季崎記紀

■ ■

「啊……鳳凰大人！」

「鳳凰大人，您回來了！」

「您回來啦？鳳凰大人。」

「謝天謝地，鳳凰大人平安回來了。」

「大夥兒都等著鳳凰大人回來呢！」

「鳳凰大人，事情辦得如何？」

「既然您回來了……應該很順利吧？」

「話說回來，其他各位大人呢？」

「咦？鳳凰大人，那把刀是？」

「鳳凰大人！」

「鳳凰大人！」

「鳳凰大人？」

只見男子揮刀答道：

「我是四季崎記紀。」

■

■

奇策士咎女與虛刀流第七代掌門抵達伊賀，是在十一月的最後一天。他們已經儘快趕路，無奈天候不佳，費了不少時間。

其實縱使天候良好，早個幾天抵達伊賀，局勢也不會有任何改變。這一點七花亦是心知肚明。

七花連舊真庭里都未見過，更遑論新真庭里了；然而當他與咎女抵達位於伊賀山間的新真庭里時，卻只能以面目全非四字來形容眼前所見。

他一踏入真庭里，便有股可厭的臭味撲鼻而來。

那是股血肉交雜的腐臭味。

七花八月時去過的一級災害區不要湖，是個堆滿了破銅爛鐵的地方；那兒雖然也一樣充滿惡臭，卻和此地的臭味完全不同。

不要湖無人居住，豈會有真庭里中瀰漫的這種屍臭味？

「咎女——」

「……他說他要來試刀。」

咎女舉起手，制止了欲言又止的七花，說道：

「走吧！」

「……嗯。」

兩人繼續前進，每走一步，真庭里的狀況便更清楚一分。

只見真庭里中屍橫遍野，斷臂斷腿散落四周，無人聞問；用不著挨家挨戶去找，便知道真庭里中已無活口。

七花不懂得驗屍，不過光看屍體的腐爛程度，便可猜出真庭里約莫是在半個月前遭人毒手。

血肉、腐臭，真庭里已然潰不成里。

至於是誰下的毒手？這也不難猜測。

「可是他為什麼要——」

「趕盡殺絕可不是令姊的專利。不過……」

咎女環顧四周，並未緩下腳步，口氣顯得極為不快。她緩緩閉上眼睛，說道：

「……為了斬草除根，居然連手無縛雞之力的老弱婦孺都殺了？這可不是一句發瘋便可帶過啊！」

正如咎女所言，眾多屍體之中，不乏未著無袖忍裝者；看來凶手是見人就殺，不分青紅皂白。

「根據幕府最後所留下的記錄所示，真庭里的居民共約五十人；除去十二首領，尚餘三十八人。七花，爾要算算屍體的數目麼？」

「我想用不著算。」

「是啊！」

咎女微微苦笑，避開滲透地面的血跡，繼續前進。

這個村落不大，找起人來並不費力；只要找還能動的——不，只要找沒倒地的便是了。

「真庭里中到處是血，不好分辨，不過還是看得出有多麼貧困。」

「之前曾聽說真庭忍軍窮困潦倒，沒想到落魄至此。」

又或許是滿地的屍體增添了蕭瑟之氣。

七花不禁暗想，雖然咎女認為真庭忍軍不值得同情，但真庭忍軍的所作所為畢竟有其苦衷。

七花身為險些淹沒於時代洪流之中的門派——虛刀流現任掌門，不由得同情起真庭忍軍來了。

當然，或許身為十二首領的忍者們並不希罕他的同情。

真庭蝙蝠、真庭川獺、真庭狂犬、真庭蜜蜂、真庭蝴蝶、真庭螳螂、真庭企鵝、真庭食鮫、真庭海龜、真庭鴛鴦、真庭白鷺、真庭鳳凰——真庭忍軍十二首領。

專事暗殺的忍者集團——真庭忍軍。

「……找到了。七花，在那兒。」

只見村落中央的廣場有株巨大的楠樹，宛若是一條支撐整個真庭里的通天柱；一名男子便倚著樹幹而立。

那人身著無袖忍裝，鎖鍊纏繞全身，正是睽違半年的真庭鳳凰。

「…………」

與上回見面時略有不同的，便是他左手之上多了把出鞘的長刀。

那是把黑得深沉的刀，上無護手，刀身極彎。

鳳凰百般無聊地晃動刀刃，似乎尚未察覺咎女二人。

「……嘿！」

七花見狀，對咎女說道：

「好險，我差點兒以為那把黑色的刀便是毒刀『鍍』。四季崎記紀造的刀怎麼可能長得這麼正常？我看那小子鐵定是把刀藏起來啦！」

「嗯，不錯。」

咎女亦贊同七花的意見。

「雖然企鵝所說的情報與那把黑刀吻合，不過應該是巧合，要不便是企鵝誤會了。四季崎記紀的刀豈會生得如此正常？」

「就是說啊！我認為毒刀帶毒，應該是把液狀的刀才是，妳說呢？」

「這個推測不賴，應該八九不離十。」

「……你們當我聾了啊？」

鳳凰突然轉向咎女二人，將黑刀舉起，扛在肩上冷笑道：

真庭鳳凰——四季崎記紀回道：

「這小子的記憶裡有妳這麼個人物。妳叫奇策士是吧？妳的手段還挺有意思的，我欣賞妳。」

「記憶……？」

「沒錯。不過這小子腦袋裡的妳和現在的妳模樣倒是不大一樣。妳剪了頭髮？真可惜，長髮的時候看起來比較美，現在這副模樣簡直像個小孩子。」

「……的確，這是自我斷髮以來頭一次和鳳凰見面。」

企鵝見到咎女時亦是大吃一驚。

七花原本覺得否定姬的反應太過誇張，不過如今一想，過去長髮乃是咎女的不二象徵，也難怪他們如此驚訝。

四季崎記紀能夠窺探鳳凰的記憶，七花並不意外，因為真庭狂犬也曾這麼做。

七花反倒是恍然大悟。先前他不明白鳳凰發瘋之後為何一路直往伊賀而來，如今才知是四季崎記紀竊據了鳳凰的身體與記憶之後，得知此地正是「試刀對象」聚居之地，因此才前來真庭里。

——試刀。

真庭里內屍橫遍野，想來便是四季崎記紀用真庭鳳凰的身體幹下的好事。事發當時居民的心境，想必是筆墨難以形容。誰能料到首領居然會不分男女老幼，趕盡殺絕？

「……爾還記得彼我木這個人麼？」

咎女為防萬一，出言試探。

彼我木輪迴乃是仙人，亦是唯一由四季崎記紀本人親手託刀的完成形變體刀之主。

「唔？妳說的彼我木，是指彼我木輪迴嗎？哦！沒想到祂還健在。依祂的性子，想必為了處置誠刀『銓』而傷透腦筋吧！」

「……祂把刀埋在地底深處。」

咎女這麼回答，似乎是信了四季崎記紀的話。她只提到彼我木的姓氏，並未道出名字，也未提及彼我木擁有的是誠刀「銓」，但眼前的真庭鳳凰卻能全數說對，教咎女不得不承認他是四季崎記紀。

「……鳳凰乃是不死鳥，然而已故的刀匠居然借鳳凰的身體還魂，實在諷刺得很。」

咎女說道：

「這下子真庭鳳凰也完了。」

凍空粉雪被真庭狂犬以忍法狂犬發動附身之時，七花對她使出了絕招「飛花落葉」，將真庭狂犬的幽魂趕出了她的身體；不過同樣的方法，這回只怕是派不上用場了。因為在真庭川獺的左臂推波助瀾之下，毒刀「鍍」的毒性已經行遍了真庭鳳凰全身。

「猛毒刀與，正是毒刀『鍍』的特性。其實最諷刺的便是這小子自己！」

四季崎記紀說道：

「這小子過去靠著忍法繫命，從別人身上蒐羅了各個部位；不光是身體及招數，就連人格都是向人借來的西貝貨，活像替自己裹了一層漆似的。最後被我附身，也是理所當然啊！」

「亦可說是自作自受。」

咎女點了點頭，說道：

「好了，四季崎前輩，爾要我們來此，究竟有何目的？」

「我幾時教你們來了？」

「別裝蒜了，爾不是要真庭企鵝傳話麼？」

「哦，是有這麼一回事。」

「這一點我也覺得奇怪——爾如何知道我們會經過那條路？這種傳話方式未免太過草率了。」

「一次一個問題，慢慢來！奇策士。」

四季崎記紀苦笑道：

「我先回答後面這個問題。我早預料到你們會經過那條路。」

「預料？」

「其實也不叫預料，而是預知。」

四季崎記紀點頭說道：

「不瞞妳說，其實我有未卜先知之能。」

「……啊？」

咎女聞言，不知該作何反應，至於七花則是壓根兒不懂什麼叫未卜先知。

「四季崎前輩……爾方才說什麼？」

「啊？妳沒聽見啊？我說我有未卜先知之能！我只消這麼屈指一算，便能算出奇策士與虛刀流掌門會行經那條路。」

「爾……是相士？」

「是啊！我幹過這一行。其實四季崎家代代都是相士——不過到了這個時代，我卻成了來歷不明的神祕人物了。」

說著，四季崎記紀豪邁地大笑起來。

從前的真庭鳳凰決計不會如此高聲大笑。

「……未卜先知？實在教人難以置信。」

咎女的反應頗為淡漠。

「不如說是瞎貓碰上死耗子，還比較有說服力。」

「是嗎？不過，奇策士，妳不妨換個角度想想。」

四季崎記紀大言不慚地說道：

「這樣不就能解釋我為何能造出這些變體刀了？」

「……………！」

「若非有未卜先知之能，是決計打造不出這些刀劍的。」

聽了四季崎記紀這番話，咎女不由得語塞。

咎女已會意過來，七花卻仍是一頭霧水，抓著她的肩膀問道：

「什麼意思啊？」

「……換言之——」

咎女露出了強忍頭疼似的表情，依舊注視著四季崎記紀，頭也不回地答道：

「那十二把完成形變體刀全是用未來的技術鑄成的。」

絕刀「鉋」。

斬刀「鈍」。

千刀「鎩」。

薄刀「針」。

賊刀「鎧」。

雙刀「鎚」。

惡刀「鐚」。

微刀「釵」。

王刀「鋸」。

誠刀「銓」。

毒刀「鍍」。

炎刀「銃」。

「不，不光是完成形變體刀，千把變體刀全都是靠著未卜先知之力，挪用未來的技術打造出來的。」

「挪用未來的技術？」

「所以……」

咎女恨恨地說道：

「在我們這些現代人看來，那些刀的特性才顯得如此匪夷所思。」

不折不損的堅硬，無堅不摧的銳利，如出一轍的形狀，輕薄脆弱的刀身，固若金湯的防禦力，無與倫比的重量，活化生命的精氣，永久運轉的人偶，引歸正道的正氣，衡量誠信的璣鏡，攻心的劇毒——這些全都是尋常刀劍決計沒有的特性。

這些特性在現代看來雖然匪夷所思，不過日後可不見得；而未來辦得到的事，現在又豈有辦不到之理？

四季崎記紀便是將未來可用之物挪用至現代！

「說歸說，鑄得出的成品還是有限。大多數的東西在不要湖裡都找得到，不過有些材料和工具卻是無處可尋。任憑我手藝再巧，也難為無米之炊啊！」

「…………」

「所有變體刀裡，最讓我印象深刻的便是斬刀『鈍』。當初我造這把刀時可費了不少心血啊！所謂無堅不摧的刀，便是靠著刀刃破壞物體的分子構造；這是四百年後的技術。」

「……哼！」

咎女為壯聲勢，慢慢盤起手臂，挺起胸膛說道：

「我雖然驚訝，不過倒不意外。的確，這樣才能解釋那些變體刀的功效。物理上的界限可不是能夠輕易突破的。」

「沒錯，變體刀終究只是建立於物理學及心理學之上的尋常日本刀罷了。」

說著，四季崎記紀舉起肩上的黑刀，輕輕一揮；只見刀刃無聲無息地劃裂他眼前的空氣。

「唯一不尋常之處，便是年代有點兒久遠。」

「……事到如今，這番話是真是假，已經無關緊要了。是過去的遺物也罷，未來的禮物也好，我都無所謂；不過聽了這一番話之後所生的滿腔疑問，可就要請四季崎前輩好好解答了。」

「一次一個問題，慢慢來。」

「我知道。」

咎女問道：

「爾為何打造這些刀劍？」

「…………」

「我不懂爾為何要使用未來的技術鑄刀。若說爾生來便是刀匠倒也罷了，但爾方才又說四季崎家代代都是相士。」

「我是說過。」

「相士這一行有個不成文的規矩，便是不可提及未來之事；因為一旦道破天機，便有改變歷史之虞。要談未來，頂多只能略作暗示。但是爾卻將變體刀散播到全國各地。」

「很不巧……」

四季崎記紀毫不慚愧地說道：

「我的目的便是改變歷史。」

「改變歷史？」

「用『竄改歷史』這個字眼兒，或許比較淺顯易懂吧？」

四季崎記紀的背部離開了楠樹。

他轉向奇策士說道：

「四季崎的家系，可以追溯到我國立國之前；過去四季崎家乃是以祭祀禱為主，占星卜卦並非本行，所以沒有這種不成文的規矩。從第一代四季崎起，我們一族便開始一點一滴地竄改這個國家的歷史，改變預知的未來。」

「而我呢，更是大刀闊斧，毫不客氣。」

四季崎記紀說道：

「……為何這麼做？」

「戰國時代，群雄割據，正是改寫我國歷史的最佳時機。所幸戰國時代正好是由我這個四季崎第一相士來當家——這全得感謝祖先改變歷史，方便我行事。」

「四季崎家竟能操作歷史，讓爾這個四季崎第一相士出生於戰國時代？」

「只要能未卜先知，大多數的事都辦得到。」

四季崎記紀笑著點了點頭。

「而要操作戰國時代，最好的方法便是鑄刀，所以我便把生命賭在鑄刀之上。這就是傳奇刀匠四季崎記紀誕生的由來。」

四季崎記紀志得意滿地說道：

「我把全副心力投注於鑄刀之上，可謂專心致志，心無旁騖。說歸說，談情說愛倒是沒忘，畢竟人不風流枉少年啊！」

「四季崎前輩高明遠見，不過卻沒回答我的問題。我問的是爾為何想竄改歷史？」

「不是想，我已經竄改了。」

四季崎記紀訂正道：

「如今時代已面目全非。凍空一族及真庭忍軍都不存在於原本的歷史之中，妳也一樣——奇策士咎女。」

「……我爹……」

咎女低聲說道：

「便是為了將爾竄改的歷史恢復原狀而喪生的。」

「哦？」

四季崎記紀驚訝地瞪大眼睛。

「這可奇了。不是四季崎家之人，竟能察覺歷史有誤？我還以為只有那個將軍有這等本領呢！實在了得。就連我這個始作俑者也不得不感嘆歷史變化之大。妳有這樣的父親，不愧為虛刀之主。」

「喂！」

等了好久，七花總算插上了嘴。

「你說凍空一族、真庭忍軍和咎女都不存在於原本的歷史之中……虛刀流也是嗎？」

「唔?哦，虛刀流啊！」

聞言，四季崎記紀面露喜色，微微笑道：

「你不一樣，你是我打造的刀啊！」

「…………」

「你們既然見過彼我木，就該聽他說過虛刀流乃是我所打造的最後一把變體刀——完了形變體刀虛刀『鑢』。」

完了形變體刀。

由完成至完了。

「初代的鑢一根還稱不上完了，不過他扎下的根並沒有白費，才能成功孕育你這樣的刀啊！鑢七花。」

「你識得初代掌門？」

「我和他可是至交啊！」

四季崎記紀昂然說道：

「他是個對歷史毫無興趣的劍痴，不過多虧了他，我才能完成變體刀。我對他可說是感激不盡。」

「…………」

「別瞪我，虛刀流掌門。我就好比是你的父親啊！」

「我的父親只有我爹一個。」

七花說道。

鑢六枝乃是大亂英雄，亦是傳授七花十九年武功的師父，更是七花有生以來所殺的第一個人。

「你和我一點兒關係也沒有。」

「真薄情，不過也好，人本來就不必在乎自己的出身來歷。無論父母是何方神聖，自己終究只是自己。」

「已經作古的人還能長篇大論？」

聽著四季崎記紀高談闊論，咎女難掩不快之色。

「既然爾無意回答我的問題，我就不問了。反正爾的目的為何，與我們並不相干。哼！這一年來，為了蒐集完成形變體刀，我們跑遍了大江南北，什麼怪事都遇過；不但見過仙人，還見過幽靈。仔細一想，最後碰上鑄刀之人，倒也是稀鬆平常、無聊至極的發展。我看爾的存在，也用不著在奏章裡刻意記上一筆了。」

「豈有此理，這也是竄改歷史啊！」

四季崎記紀調侃道：

「其實我倒也不是不願回答妳的問題，只是說來話長，還不如由我的子孫來說明。」

「爾的子孫？」

「不錯。我不幹相士已久，一身看相卜卦的本領早擱下了；不過我的子孫應該尚在人世，只是不知是否以四季崎的姓氏示人罷了。」

「爾不是能預知未來麼？豈會不知子孫的下落？」

「相士卜不出自己的未來——這話妳應該聽說過吧？」

「………………」

「我想四季崎一族應該不至於斷絕才是，妳不妨四處尋訪查探一番。眼下我的子孫鐵定也正在竄改歷史。」

「竄改歷史？」

「不錯，不過目的為何，可就姑且不論了。」

四季崎記紀正色說道，深深地點了個頭。瞧他的模樣不似胡謅，而他也沒理由胡謅。

「雖然比不上你們這一年來的跋山涉水，不過我從出羽經東海道來到此地，一路上也見識了不少物事。這個國家的歷史大致如我策劃，雖有些許出入，尚在容忍範圍之內。」

「爾只消屈指一算便能知曉天文地理，又何必親眼見識？」

「瞧妳一逮到機會便冷嘲熱諷。奇策士，預知終究只是預知，凡事還是得眼見為憑。再說預知並不能知曉人心，總得親自見過面、談過話才成。」

「……親自見面？」

「不錯。奇策士，我這就來回答妳的頭一個問題。我要你們來此，便是為了親自見你們一面——見見我親手打造的完了形變體刀虛刀『鑢』及他的主人。」

說著，四季崎記紀便將右手也放到毒刀「鍍」之上，擺出了起手式。只見他沉下身子，高舉的劍尖對準了咎女二人，腰間扭轉，蓄勢待發。

「這是一百五十年後某個天才劍客自創的起手式。錆白兵是這個時代的第一高手，不過那名劍客可是比錆厲害許多。在原本的歷史裡，他的時代乃是劍客最後的時代，而他便是那個時代的寵兒。據說從這個起手式施展而出的三連刺從來無人能夠閃避。」

「這也是未來的技術？」

「沒那麼誇張。好啦，虛刀流掌門，說文解字的時間結束了，你可聽明白了？縱使你不明白，你的主人奇策士也該明白了，若你還有疑問，便留待之後再說吧！進招吧！你不是要奪這把毒刀『鍍』？」

「……咎女。」

見四季崎記紀邀戰，七花並未直接答覆，而是先徵求主人奇策士咎女的意見。

「我該怎麼做？」

「還能怎麼做？我們所行之事始終不變。」

咎女說道：

「無論對手是真庭鳳凰或四季崎記紀，都只有決鬥奪刀一途。談判已經失敗了，吾僕鑢七花，將他擊敗，奪取毒刀！」

「遵命。」

只要有這道命令，七花赴湯蹈火，在所不辭。

咎女退下，七花上前，大步邁向四季崎記紀，直到逼近他的攻擊範圍才停下。

緊接著七花也擺出了起手式——第六式「鬼燈」。

七花豎掌為刀，架在頭部左右，不似欲出掌攻擊，倒似保護項頸；雙肘則是呈對稱之勢向前頂出，雙腳腳尖踮起，以利隨時移動。

第七式「杜若」的長處在於可前後自由移動，而這招「鬼燈」的長處則是在於可左右自由移動。

七花選擇此招，便是為了應付四季崎記紀的刺刀起手式。

「我話說在前頭，虛刀流掌門。」

四季崎記紀擺著起手式說道：

「我已經預知到我會敗在你的手下，如何落敗，我也心知肚明；不過預知會落敗，和實際上落敗可是兩回事。」

「…………」

「再者，未來原本就不穩定，要不然我的族人也不會萌生改變歷史的念頭。我是刀匠，並非劍客；縱使借用未來的招數，也難以勝過你。不過凡事總有萬一，你可得鋒芒畢露，別手下留情啊！」

「鋒芒畢露……」

「我便是為了親手確認虛刀『鑢』的完成程度——不，完了程度，才一面試刀，一面等著你來。這回輪到你拿我試刀了。」

試刀。

一名劍客殺了三百人，才算是入了門檻；那麼要殺多少人，才算出師？

「就用這個身體試刀吧！」

「……那可不是你的身體啊！」

「不過卻是我的歷史。」

四季崎記紀說道：

「我瞧你不但折損過，而且折損得恰到好處；不過你可別因此而對我手下留情。男兒超越父親，才能成為一個真正的男子漢。」

四季崎記紀逼近七花，續道：

「有什麼本事，儘管施展出來吧！」

「用不著你吩咐，我自然會教你見識我的厲害。不過屆時只怕你已被大卸八塊！」

事隔數月，奇策士咎女替七花想的這個口頭禪總算有個像樣的用場了。

「比武開始！」

奇策士咎女在後方喝道。

七花從未見過四季崎記紀的起手式，不宜輕舉妄動；無奈四季崎記紀這套起手式乃是敵不動、我不動的迎敵招式，七花也只能搶先進招了。

七花先往右縱，接著又折回左邊，速度之快，足生殘像；只見他一路左縱右躍，闖入了四季崎記紀的攻擊範圍。

說時遲那時快，四季崎記紀立刻挺起毒刀「鍍」連刺三劍；然而七花已鑽進四季崎記紀懷中，這三劍全數落了空。

眼下不是短兵相接，而是以肉相搏。

在這等狀態之下仍能運步自如，不靠手足而以肘膝進攻，便是虛刀流第六式——「鬼燈」的厲害之處！

「虛刀流——『野莓』！」

七花閃過了三連刺的最後一刺之後，便以手肘由下往劍柄頂去；只見毒刀離了四季崎記紀的手，一面迴旋，一面飛向半空之中。

七花可不會悠哉悠哉地等毒刀「鍍」落地，早在使出「野苺」的下一剎那，他便又換了一招。

七花變換的招式，便是第四式「朝顏」。

只見他沉腰縮身，雙足朝向身側，上半身大力扭轉，把整個背部對向了四季崎記紀，單手握拳，另一手則五指大開，包住了拳頭。

第四式「朝顏」乃是虛刀流七個起手式中唯一握拳的一式。

從此招使出的絕招並非只有虛刀流第四絕招「柳綠花紅」。七花在對上同門天才鑢七實時所創的招式——以最快的速度同時使出虛刀流七式絕招而成的虛刀流最強絕招，亦是由此招使出！

「虛刀流最終絕招——『新七花八裂』！」

第四絕招・「柳綠花紅」。

第一絕招・「鏡花水月」。

第五絕招・「飛花落葉」。

第七絕招・「落花狼藉」。

第三絕招・「百花繚亂」。

第六絕招・「錦上添花」。

第二絕招・「花鳥風月」。

四季崎記紀的身心魂被七花的掌風腳雨打得毫無招架之力，震飛至數尺之外；然而他的臉上卻露出了心滿意足的微笑。

那誠然便是工匠見到自己的精心傑作時露出的笑容。

終章

■
■

絕刀「鉋」——得手。
斬刀「鈍」——得手。
千刀「鎩」——得手。
薄刀「針」——得手。
賊刀「鎧」——得手。
雙刀「鎚」——得手。
惡刀「鐚」——得手。
微刀「釵」——得手。
王刀「鋸」——得手。
誠刀「銓」——得手。
毒刀「鍍」——得手。
如今十二把完成形變體刀只剩一把炎刀「銃」尚未得手。

■
■

奇策士咎女在前往伊賀的路上亦曾說過，真庭鳳凰身中劇毒，導致四季崎記紀人格重現，乃是因為他的左臂原為真庭川獺所有，加快了毒刀「鍍」毒性擴散的速度；因此縱使鑢七花與奇策士咎女拔出毒刀「鍍」，也不見得便會發生同樣的現象。

不過為防萬一，咎女運刀之際仍將護手及刀鞘牢牢綁緊，手持刀鞘下端，避開刀柄，慎重地將刀扛在肩上。

七花生性冒失，讓他運刀，恐有危險；是以縱使毒刀刀身極長，重量不輕，咎女還是親自擔起了運刀大任。

咎女的另外一隻手，則是牽著身旁的七花。此乃心腹的象徵。

「過去只要刀一得手，我便會送回尾張；不過這把刀是實質上的最後一把刀，若是依照往例，便等於將功勞拱手讓給否定姬，所以萬萬不能這麼做。」

咎女說明道。

咎女二人逗留伊賀真庭里的時間，其實不到半刻鐘。

饒是奇策士與虛刀流掌門，也無法在充滿腐臭的地方久留；他們確定四季崎記紀已經斷了氣之後，便拿著該拿的東西火速離去。

憑弔真庭鳳凰一人，已是他們倆的極限了。

「結果到底是怎麼一回事啊？」

七花仍然一頭霧水。

真庭鳳凰發瘋，四季崎記紀現世，變體刀的真相——每一件事都遠遠超出七花的理解能力；因此才剛出伊賀邊境，七花便迫不及待地詢問咎女。

「我完全搞不懂。」

「誰知道？或許真庭鳳凰當真是發了瘋。發瘋之人常會以為自己是某人投胎轉世。」

「……這麼一來……」

七花說道：

「真庭忍軍只剩下那小子——真庭企鵝一個了。」

「真庭企鵝麼？」

咎女猶如自言自語一般，喃喃說道：

「那也得要他的對頭肯放他一條生路才成。」

「唔？」

「我是說左右田右衛門左衛門。他向來言出必行，辦事從不半途而廢，被他盯上的獵物決計逃不了。」

「那真庭企鵝該不會已經——」

「就算如此，我們也無能為力。真庭忍軍背叛幕府乃是不折不扣的事實，無論右衛門左衛門的動機為何，只要他堅稱是基於稽核官的職責而殺人，我便拿他莫可奈何。」

「……聽妳的口氣，似乎不願企鵝被殺？」

「那當然。那小子尚有利用價值，我還沒向他討人情呢！」

咎女一語帶過，聳了聳肩。

「我至今仍認為真庭忍軍不值得同情，不過套句四季崎記紀的話，凡事皆得眼見為憑；親眼目睹了真庭里的慘狀之後，我也不禁心有戚戚焉。」

「眼見為憑……」

「不光是真庭忍軍之事。」

咎女望著遠方，若有所思地說道：

「這一年來，我與爾走過大江南北，踏遍各地，見過各色人物，只差沒畫張全國地圖出來。我是頭一次旅行這麼久；多虧了這趟旅程，才讓我知道自己的見識多麼狹隘，根本沒資格笑爾不懂世事。」

咎女說道：

「其實我也是一無所知，該學的事還多著呢！」

「瞧妳變得如此多愁善感，都不像妳了。就算妳有所改變，也未免變得太多了吧？」

見了咎女如此出人意料的態度，七花難掩驚訝之情。

「倘若否定姬真握有炎刀『銃』，妳的任務便算是完成了；不過變體刀、完成形變體刀和完了形變體刀之謎可還沒解開呢！」

「這些謎題用不著我來解。」

咎女微微一笑，答道：

「我爹為了將四季崎記紀一族扭曲的歷史恢復原狀，四處奔走；不過遺憾得很，我無意繼承他老人家的遺志。」

「嗯，這麼一提，妳上個月也說過……」

奇策士咎女面對彼我木輪迴，正視自己的恐懼意識之後，便憶起了幼時封印的記憶。

這事七花也聽說了，只可惜以他的腦筋，仍然搞不懂是怎麼一回事。

「因為誠刀『銓』就埋在飛驒城的地底之下，所以誠刀之主彼我木輪迴及飛驒鷹比等都受到了影響；就像三途神社的黑巫女一樣，對吧？」

「我爹應該是自願受到影響的。這麼一想，我爹和爾的父親在最後一刻對決，倒是件令人興味盎然之事。」

咎女說道：

「總之，這些事情留待一切結束之後再想便成了。」

「一切結束之後啊？妳的野心只剩一步便能達成了。說歸說……既然妳最後得和否定姬一決勝負，代表我也得和右衛門左衛門打上一場了？」

「不。」

咎女搖頭說道：

「我和否定姬靠的是官場上的手段決勝負，一切但憑談判的本領，與武力無關。不過這對爾而言是好是壞，便難以定論了。」

「……這個嘛……」

雖然稱不上壞事，卻是件麻煩事，更是七花最不在行的事。

不過右衛門左衛門或許在行。

「哦！」

咎女將視線移至前方，說道：

「七花，爾瞧，說曹操曹操就到——不愧是否定姬，動作快得很。」

七花聞言一瞧，只見一名男子擋在通往尾張的路上，等候著咎女二人。

那人身穿與日本文化格格不入的西裝，腳下踩的不是草鞋木屐，而是洋靴；腰間佩著長短對刀，臉戴寫著「不忍」二字的面具——正是左右田右衛門左衛門。

這是咎女二人自八月以來頭一次與他直接照面。

右衛門左衛門默默無語，並未移動半步；他那架勢不似等候咎女二人，倒似大敵在前，嚴陣以待。

「看來否定姬是料到了我們的行動，想來個先下手為強；也罷，省去了我一道功夫。她想先下手為強，我就來個後發先制。七花，勾心鬥角的時候到了。」

「可是我什麼也不會啊！」

「爾只須待在我身邊，予我安詳即可。」

「是嗎？」

七花這才想起附身於真庭鳳凰的四季崎記紀所說的一番話。四季崎記紀雖然已失去未卜先知之能，但他的子孫應該尚在人世；倘若他所言屬實，他的子孫現在人在何方？在幹什麼？

七花明白這事思之無益，不過心裡實在難以釋懷。

再者，四季崎記紀為何竄改歷史？這件事依然是個不解之謎。

咎女認為他只是以竄改歷史為樂，然而實情究竟為何，不找他的子孫問個清楚，只怕是無從知曉了。

雖然七花耿耿於懷，不過咎女正要與否定姬開始鬥法，想必無暇顧及這些「無關緊要」之事。

「唷！右衛門左衛門兄。」

待右衛門左衛門走到聽得見咎女說話的位置，咎女便先發制人，說道：

「有勞遠迎。如爾所見，我已奪得毒刀『鍍』，也找到了新真庭里——不過後者意義不大便是了。右衛門左衛門兄，到了這個關頭，爾應該有話要同我說吧？」

「……不錯。」

右衛門左衛門深深地點了點頭。

他臉戴面具，看不見表情，猜不出心思。

「我得學主子向妳道句恭喜。這下子妳的野心又前進了一步。」

「野心？我哪有什麼野心？」

「是嗎？不是野心，那麼就是復仇了？」

咎女矢口否認，然而右衛門左衛門卻不容她抵賴。

「昔日奧州霸主飛驒鷹比等的獨生女——容赦姫大人！」

「！」

「不罪。」

砰！

砰！

右衛門左衛門不知幾時之間從懷中取出了兩個鐵塊，只見筒口隨著兩道清脆的聲音冒出火花，射出的兩發子彈先後貫穿了奇策士咎女的腹部。

「呃！」

咎女嬌小的身軀彎成兩半，震向後方，牽著七花的手也被硬生生地拆散開來。

「咎——咎女！」

左右田右衛門左衛門一面聽著七花嘶吼，一面拾起咎女脫了手的毒刀「鍍」，極為冷酷地說道：

「好了，奇策士，妳有什麼遺言？」

■

■

下一卷便是最後一回。

（毒刀・鍍——得手）

（第十一話——完）

（第十二話待續）

登場人物介紹 る

真庭鳳凰

年齡	三十二
職業	忍者
所屬	真庭忍軍
身分	十二首領
所有刀	毒刀『鍍』
身長	五尺九寸四分
體重	一百斤
興趣	操心

必殺技一覽

忍法斷罪圓	⇦⇖⇧⇗⇨⇘⇩⇙突+踢+斬
忍法記錄回溯	斬（連打）
猛毒刀與	⇦（聚氣）⇨踢＋突
三連刺	⇦（聚氣）⇨突（連打）

交戰對手	左右田右衛門左衛門
蒐集對象	炎刀・銃
決戰舞臺	尾張・尾張城

後記

時候差不多了，咱們就來談個有點兒可怕的話題。人死了，代表生命活動停止；換個說法，就是逝世。不過「逝」究竟是什麼？我從以前就覺得不可思議。最漠然的解釋法，當然就是生命；可是以前我得出的結論可不一樣。當時我覺得自世上消逝的應該是死者的「人格」；一個人死了，代表那個人的「人格」消失。這個結論雖然簡單了點兒，不過「人格」這玩意兒可不簡單。有的日文小說會以 character 來作為人格及性格的注音，一般人也常把人格及性格當作個人的特色，不過實際上並非如此。人的人格是經由周遭環境的影響而形成，所謂「近朱者赤，近墨者黑」、「物以類聚」，就是這個意思。人是靠著被周圍影響及影響周圍而活著。這麼一想，人死了，人格真會完全消失，不留痕跡嗎？似乎不是這麼回事。或許死者留下的影響，仍然存在於他的周圍。生命是代代傳承的，思想是代代流傳的。當然，有時候人與人的影響不是直接的；

有的人是別人的負面教材，有的人愛和周圍唱反調，非要與眾不同才滿意；不過這些仍是種影響。就理論上而言，世上不會有不受任何人影響也不影響任何人的人格。這麼一想，或許人死了並不代表消逝，只是把棒子傳給下一個人而已。當然，或許世上真有「不受任何人影響也不影響任何人的人格」存在……畢竟世界之大，無奇不有嘛！

本書為「刀語」第十一卷。能出到十一卷，已經不是意外二字可以形容，該說是一種疑惑，一種現象了。天下間還真有無法解釋的事物啊！總而言之，既然來到了第十一卷，接著就只剩終點了，我可要進行最後衝刺，一口氣跑到最後。現在說這話或許太早，不過我要深深地感謝陪我一路衝刺的插畫家竹。以上就是「刀語　第十一卷　毒刀・鍍」。

只剩一集！

西尾維新

本書乃應十二個月連續刊行企畫『大河小說 2007』所寫下之作品。

浮文字

刀語 第十一話 毒刀・鍍

（原名：刀語 第十一話 毒刀・鍍）

作者／西尾維新　插畫／take　譯者／王靜怡
執行長／陳君平　榮譽發行人／黃鎮隆
協理／洪琇菁　國際版權／黃令歡
執行編輯／呂尚燁　美術編輯／李政儀
企劃宣傳／洪國瑋
發行／英屬蓋曼群島商家庭傳媒股份有限公司城邦分公司　尖端出版
台北市中山區民生東路二段一四一號十樓
電話：（〇二）二五〇〇—七六〇〇（代表號）
傳真：（〇二）二五〇〇—一九七九
中部以北經銷（含宜花東）／楨彥有限公司
電話：（〇二）八九一九—三三六九
傳真：（〇二）八九一四—五五二四
雲嘉經銷／智豐圖書股份有限公司　嘉義公司
電話：（〇五）二三三—三八五二
傳真：（〇五）二三三—三八六三
南部經銷／智豐圖書股份有限公司　高雄公司
電話：（〇七）三七三—〇〇七九
傳真：（〇七）三七三—〇〇八七
一代匯集／香港九龍旺角塘尾道六十四號龍駒企業大廈十樓B&D室
電話：（八五二）二七八三—八一〇二
傳真：（八五二）二七八二—一五二九
馬新經銷／城邦（馬新）出版集團　Cite(M)Sdn.Bhd.
E-mail：Cite@cite.com.my
法律顧問／王子文律師　元禾法律事務所
北市羅斯福路三段三十七號十五樓
二〇二二年九月二版一刷

KODANSHA BOX

■中文版■

郵購注意事項：
1. 填妥劃撥單資料：帳號：50003021戶名：英屬蓋曼群島商家庭傳媒(股)公司城邦分公司。2. 通信欄內註明訂購書名與冊數。3. 劃撥金額低於500元，請加附掛號郵資50元。如劃撥日起 10～14日，仍未收到書時，請洽劃撥組。劃撥專線TEL：(03) 312-4212 ・ FAX：(03) 322-4621。E-mail：marketing@spp.com.tw

國家圖書館出版品預行編目資料

刀語 / 西尾維新 著 ; 王靜怡譯.-- 2版.
--臺北市：尖端出版, 2022.09
面 ; 公分.--(浮文字)
譯自:**刀語**
ISBN 978-626-338-406-4 (第1冊 : 平裝)
ISBN 978-626-338-407-1 (第2冊 : 平裝)
ISBN 978-626-338-408-8 (第3冊 : 平裝)
ISBN 978-626-338-409-5 (第4冊 : 平裝)
ISBN 978-626-338-410-1 (第5冊 : 平裝)
ISBN 978-626-338-411-8 (第6冊 : 平裝)
ISBN 978-626-338-412-5 (第7冊 : 平裝)
ISBN 978-626-338-413-2 (第8冊 : 平裝)
ISBN 978-626-338-414-9 (第9冊 : 平裝)
ISBN 978-626-338-415-6 (第10冊 : 平裝)
ISBN 978-626-338-416-3 (第11冊 : 平裝)
ISBN 978-626-338-417-0 (第12冊 : 平裝)

861.57 111012170